遇見，之後

或許，思念也是一種幸福，
讓自己的心在漫長的等待中找到寄託。

Micat
著

編輯的話

「如果要為愛努力，就要盡心盡力去做，你愛的人，會自己來找你。」看著《相遇，之後》這個故事，腦海裡總迴蕩著電影《初戀那件小事》裡的幾句台詞。Micat筆下的主角莫默，帶我們回憶起青春年少的時光，第一次暗戀著某個人的心情。那些患得患失，那些甜蜜心酸，還有那些日子裡純粹的自己。

小說中彷彿我們曾經歷，或正經歷的一切，都是如此難忘，令人著迷。隨著我們進入故事，當記憶被喚醒，才恍然發現，那一點一滴，原來全部珍藏在記憶深處，從未真正淡去。在日復一日的埋頭前進的當下，偶然想起，是會不自覺微笑的美好片段。

這是第一次，看見他這麼冷酷。

他直視著我，不帶任何一絲情感的眼神裡，好像有著許多難以形容的情緒。

「怎……怎麼了嗎？」我試著深呼吸，平息自己急速跳動的心臟。

他看向別處，很明顯地深呼吸了一下，然後又用冷冷的眼神看我，狠狠地揮了拳，打在掛在我身旁的一幅畫上。

「莫默、莫默……」我的室友擔心地叫我，輕輕地拍我的肩。

我坐直了身子，夢裡延續至現實的緊張，造成了頻率過快的心跳，「呼。」

「又做夢了？」巧鈴睜大了眼睛問我。

「嗯，又做夢了。」我苦笑了一下，「但這次還沒進行到被畫框割傷流了很多血的畫面。」

「看來妳夢見這件事的機率很高耶。」巧鈴歪著頭，喃喃自語地掐指算著，「我們才剛搬進宿舍七天，在這七天裡，妳好像就做了三、四次惡夢。」

我伸了個懶腰，站起身來。「可能是因為還在適應環境，對大學生活有點緊張，也大概……是因為很在意吧！」

「緊張什麼啊？如果妳說的是人際關係，顯然妳是想太多了，以前高中的時候，雖然不同班，但光是聽筱其形容的，就知道妳的人緣不錯。再說，像妳這種在同儕中毫無攻擊性的人，人緣會不好才有鬼。」挑了挑眉，這位高中的隔壁班同學講起話來，有一點誇張。而她口中的筱其，就是我在高中最要好的同班同學。

因為筱其的關係，很自然地和巧鈴走得近。幾次的午餐聚會，和巧鈴的交情也漸漸加深。

當筱其歇斯底里哀嘆著為什麼我和巧鈴分發到同一所大學，她卻分發到天高皇帝遠的偏僻學校時，我除了安撫她的情緒，也只能告訴她，幸好有認識的人一起，不然我也許會緊張到不想上學。

對於我的說法，筱其原本是嗤之以鼻的。但是自從她知道我連上幼稚園跟國小都哭了將近半個學期的英勇事蹟之後，就開始深信老天果然有最棒的安排，否則她怕我真的會行囊收一收辦了休學回故鄉去。

筱其所言是誇張了點，基於長遠以及現實面的考量，我自然不可能真的放棄努力了很久才考上的學校。但關於不適應這點，她說得倒是完全正確。

有一次，她問我在這之前的求學過程是怎麼習慣的，我告訴她，是因爲有王易翔的陪伴，才讓我收起了眼淚，乖乖上學。

上幼稚園時，當我不想上娃娃車而哭鬧，媽媽就吩咐王易翔一定要牽著我的手，帶著我一起開始求學的歷程。

大概是見我陷入了沉默，巧鈴又開口，「所以現在到底在緊張什麼？」

「唉唷，我就是擔心新環境。」我嘆了一口氣，「以前學長姊回學校分享時不是也常說，大學生活是完全不一樣的嗎？」

「是啦，但我眞心覺得妳不用擔心。」巧鈴聳聳肩，「該擔心的人應該是我吧！」

「妳這美女有什麼好擔心的，一定是人見人愛啊。」我皺皺鼻子。

巧鈴揮揮手，「妳太誇張，對了！妳剛剛說是在意……在意什麼？」

「我常常夢見的場景。」我看著巧鈴，苦笑了一下。

「嗯？」巧鈴搬了書桌前的一張椅子坐下，顯然很好奇。

我抿抿嘴，「因爲夢裡的他，是我從小到大的玩伴，夢裡的畫面也是曾經發生過的實際狀況。」

「曾經發生過的？」巧鈴飆高了音調。她從沒聽我提過的這些事情，這下像是發現了什麼新大陸。

「嗯。」我盯著上舖的床板，接著微微側身面向巧鈴，重複著她的話，「曾經發生過的。」

「從小到大的玩伴，那應該青梅竹馬，感情怎麼會不好？」

「說來話長……」

「等一下。」巧鈴像想起了什麼，「妳說妳的青梅竹馬，讀同一所高中？」

起初我沒反應過來，接著才懂了她的疑惑，「喔，他叫王易翔，在我們高二上學期時轉學了，妳高二下學期才轉學過來，沒遇過他，但筱其知道。」

巧鈴點點頭，「我就想說怎麼沒聽說過有這個人。」

「不然，妳應該也會知道他的，他在學校裡是無人不曉的風雲人物。」

「不過，那他怎麼會……」巧鈴掄起拳頭，在我眼前揮了揮，學起我所描述夢境裡的情況。

「老實說，在當下我眞的不知道怎麼回事，後來才明白，原來是因爲我爸爸跟他們家有一些……一些恩怨。」眼前浮現當時他冷漠的神情，「原本因爲住在同一個眷村，幾個玩伴感情都很好的……」

「如果是誤會，難道不能好好說清楚嗎？」

「能夠解開的話，早就解開了。」我沉沉地嘆了一口氣，「在他轉學之前，我鼓起勇氣問他，告訴他，我看了很多報導，這件事情看起來不全是我爸爸的錯。但他只告訴我，事情不是報紙上寫的這麼單純。」

「那到底大人們發生了什麼事啊？」

我聳聳肩，「我不知道，但是我希望，有一天可以從王易翔口中知道答案。」

「好可惜喔。」巧鈴皺起眉，「有沒有可能不管大人的事情，一樣當好朋友就好呢？莫默，說眞的，妳要不要試試看呢？」

我咬了咬下唇，面帶微笑看著巧鈴，「我已經在試了，而且很努力。」

是的，我已經在試了，非常努力地試。

要不是拚了命用功，我怎麼可能考得上排行前幾名的大學？

高三那年，從同班同學那裡得知王易翔進入了這所大學，從那一刻起，我就告訴自己一定要比從前努力，一定要考上王易翔念的學校。

我付出連自己都沒想像過的毅力及努力，終於考上這所學校時，「皇天不負苦心人」不再只是課本和勵志書上激勵人心的一句話而已。後來，我才眞正知道，其實只要付出得夠多，就可以更接近目標，得到夢想中的結果。

這些話，是在我國中因爲數學不及格的分數而難過的時候，王易翔拍著我的肩膀安慰我所說的。以前，他總會在我失落難過時鼓勵我，並且不忘買來巷口一位老伯伯賣的冰淇淋逗我開心。

雖然當時的我總是吃著冰淇淋，心裡覺得成績好的他不會懂我的難過，就像白天不懂夜的黑。

但是，其實從那個時候開始，他這些話就深深記在我心裡，讓我相信任何事情，只要努力了，就會照著自己的心意實現。

這些，都是王易翔教我的事情與……態度。

只是，我難免有些疑惑。如果認眞讀書可以考上理想的大學，那麼該怎麼努力，才能修復和王易翔的感情，或是能夠再次靠近王易翔呢？

難得一口氣說了這麼多話，我從巧鈴臉上看到好多種不同的表情。

最後，有一種似乎是惋惜亦或是不捨的表情停留在她臉上。

「故事說完了，我可以去洗澡了吧？」我拿了衣櫥裡的睡衣，刻意用輕鬆的語氣掩蓋提起往事時的失落。

「等等啦！」

「嗯？」看著快被好奇心殺死的巧鈴，我又坐回床邊，坐在她的面前。

「所以他是大我們幾屆的學長啊？」巧鈴掐指算了算。

「一屆。」

「那就是二年級了……人海茫茫，怎麼找比較快？」

我笑了一下，「我已經找到他了，而且妳也看過。」

巧鈴的眼睛和嘴巴張得大大的，「什麼時候？」

「新生認識校園那一天。」我將睡衣放在一旁，然後拿起書桌上的手機，找出那天的團體合照，「這個人。」

「這個？」巧鈴指著團體照裡，站在最後一排中間的男生，眼睛和嘴巴驚訝到張得更大了。

「嗯，我也是後來才知道，原來請我們這一梯新生喝珍珠奶茶的會長，竟然就是王易翔。」

「天啊！那他看見妳了嗎？」

「有，正當我不知道該站在哪裡的時候，差點撞上他，而我很確定他看到我了。」

「沒有打招呼？」

我搖搖頭，抿了抿嘴，當時那份失望的感覺從心底竄出，「沒有。」

「那妳幹嘛不主動打招呼？」巧鈴皺著眉。

「我回過神來，想揮手叫他的時候，他就走了。」

「是喔……」巧鈴好像更失望。

「也許，他就是不想理我。」

「他的臉上，難道一點點驚喜的樣子都沒有？」

我聳聳肩，「我不知道，當時我……很緊張，心臟跳得很誇張，整個人都呆了。」

「嗯，畢竟這麼久沒見面了。」巧鈴點點頭，「難怪會呆掉。」
「這是其次，其實還有別的原因。」
立刻從椅子上跳起來的巧鈴，飆高音調，「什麼？」
我深呼吸了一下，「我喜歡他。」
「所以妳暗戀他很久囉？」
「好久了。」我微笑了一下，「國中二年級開始的吧。原以爲那樣的感覺只是依賴，後來才發現那是喜歡，貨眞價實的喜歡。」
「那妳沒有告白呀？」
我搖搖頭，「沒有。」
「好可惜。」巧鈴十分惋惜的模樣。
「還來不及把心意說出口，就發生了那些事情，他也就轉學離開了。」
「眞的好可惜，不過我覺得，這樣聽起來好浪漫喔。」巧鈴嘟起了嘴，「像我跟男朋友就只是高中時候的班對而已。」
「妳很誇張耶！這有什麼好浪漫的，況且我只不過是單戀，根本不知道他喜不喜歡我，或許只是把我當成妹妹或玩伴吧。現在連半句話都不說了，怎麼比得上你們之間的風花雪月。」
「青梅竹馬的題材，我一向很嚮往的呀！何況……」

「何況什麼？」我納悶。

「何況對象是這位又高又帥的會長。」巧鈴的好奇心一直處於高亢的狀態，「妳不知道，那天我就聽到別系的幾個人，一直在會長長會長短的，我猜她們早就被會長迷死了。」

巧鈴的話，讓我想起王易翔。想起從前的他，一直是很多女孩喜歡的對象，平常不時會收到情書，到了情人節，除了情書，還會有超級特別的手工巧克力。我總會用「爭奇鬥豔的巧克力」來形容，然後他也總會在放學後把他的巧克力分享給我，並且不忘要我學學那些女生的手藝，免得以後想告白時，不能親手做出巧克力，明顯就輸了別人一大截。

「對了，聽說他高中就常常被告白，是眞的嗎？」

我驚訝地看著她，「這妳也知道？」

「當然，昨天跟我直系學長姊吃飯，正巧聽他們聊到。」巧鈴左手的食指和右手的食指碰在一塊，「本來只是覺得聽聽別人討論學校裡的話題人物，沒有成功接到線。要是早就知道他對妳來說這麼重要，我一定多多幫妳打聽一點。」

「算了。」我揮揮手。

「不過……」巧鈴停頓幾秒，「我說了，妳別在意啦。」

「什麼？」

「好像聽到他們說，會長跟一個學姊滿好的。」

巧鈴的話，一個字一個字敲進我心裡。雖然這樣的狀況或是早就有女朋友的現實，我早就預料到了，也原以爲自己可以很輕鬆自在面對。眞的聽見，卻依然有些失望。我吸了一口氣，「那也只能這樣……」

「好心疼喔。」巧鈴雙手交握，眞的一副很心疼我的模樣看著我。

「好討厭。」我故意白了巧鈴一眼，「我現在可以去洗澡了嗎？」

「可以、可以，當然可以。但別忘了隨時跟我報告進度。」

「遵命。」我抓起剛剛放在床上的睡衣，正準備轉身，巧鈴又叫住我。

「莫默。可是，現在怎麼辦？」

「什麼怎麼辦？」

「妳的暗戀啊！」

我想了想，「反正以現在的關係，在誤會弄清楚之前，大概什麼也無法改變。目前，我只想至少知道我們到底爲什麼會變成這樣。」

「嗯……」

「對了，」我走到書桌前，打開抽屜，「學生會徵選的報名表，順便幫妳拿了一份。」

「妳要加入？」

「嗯，我覺得自己滿想參加這類社團的，況且又有王易翔在，所以，我想試試看。」

「我聽說學校的學生會向來嚴格，也不隨便錄取人的，妳要加油。」

「妳不參加？」我以爲巧鈴會義不容辭一起加入。

「我昨天已經答應學長姊，加入他們的服務隊了。」

「喔。」其實有點失望，不過看見巧鈴臉上的微笑，好像又覺得沒什麼關係，「好啦，那我會加油。」

「不只是學生會的事情，還有『他』喔。」

我噗哧地笑了，「好，我會的。」

「難得看妳這麼積極，莫默都不莫默了。」巧鈴臉上的表情，有點閃閃發光的感覺，「而且竟然是因爲喜歡另一個人。老實說，我好驚訝。」

「哈。」我笑了一下。

「以前聽筱其聊過，她說妳連老師算錯考卷成績都不一定會吭聲，反而是她急得要命。她還說啊，眞不知道什麼事情可以讓妳主動爭取。」

「哪有這麼誇張，」我苦笑了一下，「再說，對於王易翔，我也不一定要爭取什麼。我承認我暗戀他，所以當然也希望他可以喜歡我。但我只是希望我們之間至少不是這種老死不相往來的關係，眞的不喜歡這樣。」

「我了解啦！可是，重點是他……」

「嗯，也許是當年的事情，眞的傷害他太深了吧。」

「嗯……」

「那次，他站在我面前，伸手往旁邊的畫狠狠揍了一拳，說了一些話之後，隔天就轉學了。」我嘆了一口氣，「所以，這是我在那之後，第一次遇見他。」

「是喔……」

「是啊，」我再次拿起睡衣，指著桌上的報名表，「我眞的要去洗澡了。既然妳不去，那麼就祝福我下星期順利通過甄選吧。」

在系學會辦公室外，我拿著手上自認為填寫得相當完整的報名表和一張剛剛抽到的二十二號號碼牌，和其他三十幾個大一新生，一起坐在走廊上的長條椅上，等待徵選正式開始。

實在是很緊張，靜下來時，我發現自己心跳跳得挺快。偷偷瞥了坐在我對面的幾個同學氣定神閒的模樣，突然覺得好像只有自己緊張的樣子。

深深地吸了一口氣，不想受到一旁聊天聊得很開心的同學影響。我低下頭，看著手中的報名表，直到有人坐在我的身旁，說了一句話。

「嗨，莫默。」

我疑惑地歪著頭，看著我身旁有點眼熟的男孩，但是我的腦海裡，絲毫無法把他從記憶資料庫裡提存出來，「唔？」

「我是妳同班同學，林聿飛。」

我尷尬地笑了一下，暗自慶幸他立刻報出了名號，「對不起，我一時沒認出來。」

林聿飛笑得很好看，「我知道妳沒認出來，所以主動來打招呼的。」

「對、對不起。」

「幹嘛對不起？」林聿飛聳聳肩，「這表示我長得不夠帥，才沒吸引妳的注意，或者因爲之前蹺了幾堂課，才會害妳認不出來。」

我趕緊揮揮手，「不是，很抱歉，我認人的眼力很差。」

「別再道歉了，好像我欺負妳一樣。」他邊說邊笑，然後瞄了我的號碼，「二十二號，我二十。」

看他晃了晃的號碼牌，我才輕輕地應了聲。

「等我出來，再告訴妳裡面問了什麼。」

「嗯……謝謝。」我點點頭，給了他一個感謝的微笑，然後再次低下頭，盯著我的報名表。

「難怪妳叫莫默。」

「什麼意思？」我再次抬起頭，眼神對上笑得嘴角微微彎起的他。

「就很安靜，很默默。」他點點頭，認眞地說。

「不是這樣。」

「不然是哪樣？」

「不是默默不說話的默默，我的姓是網路紅人谷阿莫的莫，單名沉默的默。前面的莫有不要的意思，之所以取這個名字，是因爲我爸爸媽媽希望我不要太安靜，遇到事情的時候，該說就要說，不要太沉默。」

我一口氣講了一堆話，認眞地糾正林聿飛，向他強調之所以取名爲莫默的理由。這才發現正好有人走到我們前方，抬頭一看，其中一個人就是王易翔。

王易翔！

沒想到他會突然出現。嚇了一跳的我，不小心將報名表以及號碼牌掉落在地上，而且就這麼不巧地飄到王易翔的腳邊。我連忙蹲下想撿起報名表，但是搶在我之前，王易翔早我一秒撿了起來。

我站起身，看了王易翔一眼，現在的他好像比從前高了很多。

他將東西遞給我，我接了過來，「謝謝。」

他的眼神很冷漠，就像幫一個陌生人撿了東西一樣。不！也許該說，此刻的眼神，比對陌生人更冷漠。

「不客氣。」他冷冷地說，然後看了坐在長椅上的林聿飛一眼，接著再看向我，「二十二號，要不要直接放棄？」

「放棄？」我納悶地看他，不敢相信，這兩個字竟然會從眼前這個教我不要輕易放棄的男孩口中說出。

「對，就放棄吧，妳覺得我可能……」

「我不會放棄，」我不高興地瞪著他，打斷了他的話，「如果因爲你是會長的身分，有權決定誰可以直接出局，那我告訴你，要是你用了不公平的手段，我會去找指導老師，如果……」

「哪來這麼多如果？」這次打斷話的人是他。

「總之，我不會接受不公平的待遇。」看著他冷酷的態度，我不開心的情緒愈來愈強烈。

他冷笑了一下，「妳變了。」眼神很有深意。

「當然，你教我的。」

「阿翔，你們認識？」旁邊的一位學姊開口。

王易翔沒有理會學姊，只是用他修長的食指指著我，很不客氣地說：「好，那就祝福妳。」

他高高瘦瘦的背影走進學生會辦公室。我想著他那冷酷到不行的態度，複雜又難以形容的情緒充斥了整個心頭。

為什麼王易翔會變得這樣？

因為不甘心看著他就這樣走進辦公室，剛剛有好幾次的衝動，好想衝上前去問清楚整件事情的來龍去脈。但是在場的人太多了，幾次燃起的火苗又因此澆熄。

況且，如果可以問個清楚，我的第一句話又該怎麼開場？

「莫默！」

「啊？」

「坐吧。」林聿飛指著他旁邊的位置。

我點點頭，坐回剛剛的位置。心裡還記掛著剛剛王易翔的舉動，所以和林聿飛陷入了短暫的沉默裡，直到學生會辦公室的大門開啓，一位染了咖啡色的長髮學姊宣布甄選開始，林聿飛才開口講話。

「終於開始了。」

「是啊。」

「有把握嗎？」

我朝林聿飛搖搖頭，「當然沒有。你呢？」

「當然有。」

「眞好。」我簡短地說了兩個字，心裡的思緒卻一點也不簡短。我眞心覺得，眼前這個同班同學的自信讓我很欣賞，也讓我很羨慕。

一直以來，我很容易被有自信的男生吸引。會喜歡王易翔，有一大部分是因爲他的自信。

從以前到現在，我經常都是缺乏自信的，視不同的情境而有不同的程度。王易翔也曾說過，我就是沒有自信，才會在進入新環境時顯得膽怯。這段話，他不只是說說而已，凡是任何可以訓練自信心、培養自信心的方法，他都會陪著我去嘗試。最誇張的一次，就是他替我報名婦幼館舉辦的一個自信培養訓練營。二十幾人的團體裡，就屬我們最年輕。

「等我出來再告訴妳，他們問了什麼。」

我回過神，「謝謝，你人眞好。」

「我幫妳不只是因爲同班的關係。」

「那？」我覺得疑惑。

「我覺得我們好像滿有緣的，所以如果能一起進到學生會、一起工作，應該會滿有趣的。」

我白了他一眼，「恐怕要讓你失望了。我不是有趣的人，基本上應該也沒有什麼有趣的。」

「是嗎？」

「而且……剛剛王易翔講的，你也聽到了，我非常有可能會在今天直接說拜拜。」

「但妳不是也說不會接受不公平的待遇？」

我又白了他一眼，「這只是氣話而已，我只是不想他眞的這樣對我。」

不知怎麼地，林聿飛看著我，哈哈地笑了，「還說不是有趣的人，所以這是那招？」

「就只是無效的抗議。」我的音量愈來愈小。

「放心，眞的這麼不公平的話，我陪妳一起抗議。」

「是的，我希望自己能夠加入學生會。」我回覆面前的指導老師。放在大腿上的雙手，因爲緊張的關係交握著。

「滿分是十分，妳想加入學生會的程度有幾分？」指導老師又問。

「滿分，可能的話，是兩個滿分。」

指導老師滿意地點點頭，還給了我一個親切的微笑，猜想他應該很滿意我的回答。

我稍稍放鬆了一些時，沒想到他立刻指示會長提問下一個問題。

聽到這裡，放鬆了的我又緊張地握緊了拳，等待會長王易翔的問題。一想到他不會輕易放過我，我又不自覺緊張起來。

「爲什麼要加入學生會？」他抬頭目光停駐在我的臉上。

我低下頭，因爲他跟大家注視而緊張起來。過了一會兒，但我還是抬起了頭。對上王易翔的眼神，「我喜歡學生會的業務及工作。」

坐在王易翔旁邊的那位學姊接著問：「可以說得詳細一點嗎？」

瞥了王易翔一眼，我再看向學姊，擠出僵硬笑容，「高中時，因爲一個學長的關係，我加入了學生會。在加入的時候，其實根本沒有任何想法，但是日子久了，我發現自己很喜歡這種一起籌畫、一起爲了同學發聲的感覺。總之，這種團體共同努力的感覺，我很喜歡。」

「不辛苦嗎？」學姊再問。

「有時候會這麼覺得，」我苦笑了一下，「但是……開心居多。」

「哇！」這時，有位學長低聲驚呼了一下。

「嗯？群志什麼事？」在大家都覺得疑惑的同時，指導老師發問。

「這位學妹和易翔在轉學之前念同一所高中……我看看，」叫群志的學長指著我的報名表，「好巧，也是同個國中，和同一間國小耶。」

因爲群志學長的話，大家紛紛看了桌上的資料一眼。這個話題，讓我捏了一把冷汗，只希望下個提問者趕快發言。

「那妳認識易翔學長嗎？」咖啡色髮色的學妹突然出聲。

我遲疑了兩秒，猶豫應該說什麼答案。看了王易翔一眼，再看向學姊。「認識，不管是在國中還是高中，我想現在或許也是，學校裡大部分的人應該都知道會長吧！」

「所以妳只是知道他，不算認識他？」學姊又繼續拋出問句，顯然是因爲剛剛在走廊上沒有得到答案。

我低下頭，思考應該怎麼回應這來勢洶洶的問題。不知道該說認識，而且是在同一個眷村長大的，還是告訴她根本不認識，只是知道這號人物呢？

如果我說不認識，會不會太矯情了？

如果我說認識，不想跟我有任何瓜葛的王易翔，是不是會不高興？

「認識嗎？認識可是有加分的喔！」指導老師幽默了一下，笑咪咪的時候，潔白的門牙閃閃發亮。

「眞的嗎？那我一定要說我認識，而且熟到不行。」我也開起玩笑，但是說到「熟到不行」這四個字時，突然有點想哭。因爲我們確實曾經「熟到不行」，是現在卻「形同陌路」。

因爲我的話，指導老師哈哈地笑了，「原來同一所國中和高中畢業的人，都是這麼優秀又幽默。」

王易翔輕輕地咳了一聲，然後開口問，「妳能夠在學生會裡扮演什麼角色？我很清楚之前在高中時妳的工作任務定位，我覺得妳並不適合加入。」

原本放鬆了一些的心情再次繃緊，「適不適合這種事情，是不是應該等錄取我了，我加入學生會才來論定，比較有意義？」

「好，時間差不多了，就先這樣吧。」也許指導老師嗅到了我們之間奇怪的氣氛，做了個結論。

「謝謝老師。」聽見指導老師的結論，我站了起來。正想轉身離開時，不知道哪裡來的勇氣，我再次面對前面四位面試官，然後看著指導老師，「老師、各位學長姊，我眞的希望可以加入學生會，所以請大家給我這個機會。」

說完，我轉身往辦公室的門口走去。才跨出一步，就有人喊了我的名字，而那個聲音有點熟悉又其實很陌生。我轉身直接對王易翔，「嗯？」

「剛剛的話重複一次，如果叫妳還是乾脆放棄呢？」

聽了，心裡有一種明顯的失落感，原以爲他叫住我的用意，大概是要補充什麼或是關心什麼。沒想到卻是延續走廊上的話題，一心只想說服我打消加入學生會的念頭。

「我不想放棄，而且很想被選上。何況不要隨便放棄的處世精神，是曾經一個青梅竹馬的朋友告訴我的，所以，我不會放棄。」我盡可能擠出微笑。

說完，我向老師微微鞠了個躬，走出辦公室。

但心，卻一直停留在面試的時候。

「還順利嗎？」看到我出來，林聿飛就走到我身旁，還體貼地將我的背包遞給我。

「謝謝，還好。」我接過背包，背了起來。

「妳待在裡面的時間比我多十分鐘。」

我苦笑了一下，「大概是因爲你很優秀，他們只要幾分鐘就看出來了，而我不是。」

「所以多問了幾個問題？」他挑眉。

「對，多問了幾個問題，主要是，其中一位學長，發現我跟會長來自同一所國中和高中，喔，還有國小也是。」我抿抿嘴，「因爲這樣，引起了學姊的好奇，所以延長了一點面試的時間。」

「嗯，那他們問的問題，有沒有一樣？」

「只有一題，問我爲什麼我這麼想加入學生會。」我笑了笑，「說眞的，雖然我一直很想被選上，但是一點把握都沒有。」

「嗯……」他思考了幾秒，「之所以這麼覺得，是因爲王易翔嗎？」

聽了他的話，一開始覺得驚訝，但是隨即想到他剛剛聽到也看到王易翔和我說話的經過，「有一部分是他，大部分自己的能力問題。」

「喔，」他誇張地搖搖頭，「妳也太沒自信了。」

我聳聳肩，「沒辦法，我就是這樣。」

「所以爲了妳那少得可憐的自信，就和我一起被選上，加入學生會吧！讓我這同班同學和妳一起培養自信。」他說得很誇張，也誇張地比出像超人一樣往前飛的姿勢。

「培養自信……」我重複著林聿飛的話。

「對啊，怎麼了？」

「林聿飛，我問你，」我停下腳步，認眞看著他，「我看起來就是一副沒自信的樣子嗎？」

「外表看起來是不會啦，但言談中聽得出來。」

「是喔……」我咀嚼著林聿飛的話。以前王易翔很了解我，所以他當然知道我是個非常沒自信的傢伙。但是爲什麼平常上課沒什麼交集的林聿飛，只憑剛剛短暫的聊天就斷定我是這樣的人呢？

「非常明顯。」莫默！原來當妳想在別人面前裝作自信滿滿、信心一百分時，別人早就看穿了妳。

「對了，我記得上個星期好像在學校裡收過免費課程的傳單，是訓練增強自信的，不然我陪妳一起……」

「不用了，」我急急地打斷了他的話。下一秒，意識到這反應太唐突了點，於是給了他一個微笑，「我以前也曾上過類似的課程。」

「喔，眞的？」

「眞的，而且是跟……」我把「王易翔」三個字吞了回去，「反正以前參加過就對了。」

「但是這種課程多參加也無害啊。」他聳聳肩。

「是沒錯啦。」我笑了笑。

「妳終於笑了。」

因爲他的話，我不自覺地摸了摸臉頰，這才發現自己可能從面試前到剛剛爲止，臉部的肌肉一直都緊繃得不得了，「我發覺，整個就像剛考完試，全身繃緊的神經終於放鬆了一點。」

「是啊。」他用食指與拇指在嘴邊比出一個微笑的手勢，「笑容，比較適合妳。」

我再給了他一個微笑。但也許因爲他的話，我突然有些不自在，「笑容，應該適合掛在每個人的臉上吧。」

「也對。」

「那……我回宿舍囉。」我隨手指了指宿舍的方向。

「經過了這麼緊張的時刻，不去消夜街喝杯飲料嗎？」他學我眨了眨眼睛。

「不用，我……」我還沒來得及拒絕他，抬頭發現他正看著某個方向。我隨著他的目光看過去，正好看見剛從教學大樓大門走來的王易翔。剛剛面試的學長姊，也在他身旁一起走了過來。

他們一群人往我們走過來時，我的心跳有微微加快的趨勢。他們經過我身旁，王易翔的態度依然冷冷的，就像不認識我一樣。反倒是其中一位學長停下了腳步，「你們還沒回去喔？」

林聿飛笑著，「對啊，我們正在討論要不要去消夜街喝杯飲料。」

「喔，所以你們是男女朋友嗎？」學長的語氣刻意變得曖昧，笑容也是。

被學長這麼一問，我看著學長，再看了王易翔一眼。這敏感的話題害我緊張得說不出話，但是林聿飛好像看出了我的緊張，拍拍我的肩，對學長說：「學長，我們目前不是男女朋友，只是說不定哪天會變成是。」

以為林聿飛會說些什麼，沒想到他的話反而讓我更緊張。我生氣地往他手臂上搥了一拳。

「開玩笑的啦，這麼生氣。」林聿飛摸著自己的手臂，和學長一起笑了。

而在這個時候，又衝動地想給他一拳的我，突然想到在場的王易翔。

我停下原本揮過去的手，但往他的方向看去時，才發現他已經和學姊往校門口的方向走去。

可能因爲一整天緊繃著神經，一回到宿舍洗完澡，就像個洩氣的氣球，無力地躺在床上。一躺上床，就看見上舖的床板貼了一張粉紅色便利貼，內容是巧鈴留言說她今天和男朋友要去看午夜場電影，所以今天已經找藉口跟宿舍管理員請了假。除了告知之外，主要也特別暗示若是家長打電話過來，記得照著這個說詞回答。

想到明天下午即將公布的甄選結果，我又微微緊張起來。我閉上眼，想著今天在走廊時王易翔對我說的話，心裡突然有一種難過的感覺。記得高中的時候，是他叫我加入學生會，說我一定可以在學生會裡扮演很好的角色。我加入了美編組，當我因爲作業太多，宣傳海報沒法如期完成而熬夜時，也是王易翔買了兩杯咖啡，在我家陪我一起完成海報的。

從前鼓勵我加入學生會，告訴我這樣才會成長的王易翔，今日卻叫我放棄，還要我別想加入學生會。

我轉了身，看著眼前淡黃色的牆壁，再次想起那次他憤怒又絕望地揮拳打在我牆面上那幅畫的情景。

王易翔……你總說事實並非報導所描述的那樣，但是知道眞實情況的你，又爲什麼不告訴我呢？

一股莫名的委屈感，毫無預警地湧上心頭。閉上雙眼，王易翔那張好看的臉，浮現在我的眼前。現在的王易翔、以前的王易翔、冷漠的王易翔、熱情的王易翔、直接叫我放棄的王易翔、鼓勵我一定要努力堅持的王易翔……一張又一張不同表情的臉，不斷不斷出現在我的眼前。

愈想，就發覺自己的心情愈不好。想起王易翔的轉變，以及我們之間恐怕再也回不去的回憶，我心裡就像被一顆巨大的石頭壓著，幾乎到了喘不過氣的地步。

我坐起身，雖然通常洗完澡之後就盡量不出門，但此刻我發現非得取得能制止悲傷情緒蔓延的法寶，才能阻止沒來由的負面想法。於是我跳下床，抓起書桌上的小零錢包，不管現在是已經接近十一點門禁的十點十分，還是決定衝出宿舍，尋找莫默正面情緒的有效來源！

學校的商店正要打烊，商店的胖老闆娘好像心情不好，完全不肯通融一下，狠狠地在我面前把鐵門拉下。無奈的我只好轉身離開，拿著我的小零錢袋，站在商店的走廊上，猶豫著該回宿舍，還是走出學校，到學校對面的便利便利商店去。

猶豫了幾分鐘，先是往宿舍的方向走了幾步，最後又想起使我不開心的事情，於是我轉身，決定往校門口走去。

通往校門口的人行道上，只有一個高高胖胖的男生走在我前面，其他三三兩兩遇見的人，都是往宿舍走去，應該都是男生送女朋友回宿舍的溫馨接送情。

老實說看著紛紛回校的大家，一度有衝動返回宿舍，但是想想距離校門口已經不到一百公尺，我告訴自己一定要買到好心情法寶。於是我加快腳步，這才發現我這鄉巴佬剛剛才覺得人少，其實校門口根本聚集了很多人，有的是依依不捨的情侶，有的是正在等公車的人，有的開心聊天，有的好像正在等人，準備去夜遊的樣子。

原來這就是住在我家對面的鄰居姊姊所說的「大學夜生活」。記得高中時，上了大學的鄰居姊姊放假回來，整個人變得好漂亮，還帶了北部好吃的名產給我們吃的時候，她告訴我們幾個還在念高中、國中的小鬼，說大學生活有多精彩。我邊吃邊看著她長長的假睫毛，開始嚮往那聽起來多采多姿的生活，也希望以後的自己能像鄰居姊姊一樣漂亮，還能像她一樣完全沒有適應上的問題。

記得那天之後，我和王易翔聊起漂亮的鄰居姊姊，並且告訴王易翔說我們一定要認眞讀書，才能考上大學，像鄰居姊姊一樣開心度過大學生活時，他點點頭，笑著說沒問題，還說一定要一起努力考上同一所大學。

聽了他的話，那時心裡好感動。只是，當我說到也想和鄰居姊姊一樣變漂亮時，王易翔看了我一眼，叫我用功讀書就好，別做白日夢，不管怎麼樣我也不可能跟他心目中的女神一樣漂亮。

在我們心目中，鄰居姊姊就是我們的女神，我知道在王易翔心目中自然也是。不過當他說我不可能跟鄰居姊姊一樣漂亮，我狠狠地揍了他一拳，而他認眞道歉時，我並沒有告訴他，我不高興不是因爲他說我不可能跟鄰居姊姊一樣漂亮，卻是因爲「心目中的女神」這句話。

因爲，這代表王易翔喜歡的類型，是鄰居姊姊這種美女。雖然我跟她一樣有雙大眼睛，甚至也學起她留了長長的頭髮。但不管怎樣，我知道我永遠也不可能成爲那種類型的超級大美女。

從冰箱拿出兩瓶鋁箔包奶茶，心滿意足地拿到櫃檯結帳，拿了發票後，準備走出便利商店。自動門發出「叮咚」聲的同時，突然有一種不太好的預感襲上心頭。我往後退了一步，緊張地摸了摸外套的口袋，又摸了摸牛仔褲前後的口袋……

我的宿舍鑰匙！

確定眞的忘了帶鑰匙的那一刻，我無奈地走到自動門旁邊的座位區坐了下來，拉開鋁箔包旁的吸管，將吸管插入，喝了一口冰冰涼涼的奶茶，看著路上來來往往的車輛，我決定打個電話給巧鈴，或許人在學校附近的她，可以先把宿舍鑰匙拿給我。只是，我連撥了三次巧鈴的手機，最後都轉進語音信箱。

我又吸了一大口奶茶，冰冰涼涼的口感，確實趕走了些許不開心，但是想想依然覺得諷刺，明明是想來尋求趕走負面情緒巧玲的方法，此刻卻又迎來了另一件不順利的事。我趴在桌上，下巴靠在桌面，看著手機裡的電話簿，滑著手機，想著到底有誰可以求救。只是，將電話簿從頭滑到尾，除了我的好朋友兼好室友之外，竟然沒有別人能找，最後只好打開手機裡剛下載不久的遊戲，決定讓這個遊戲陪我一整夜。

電視廣告中那句什麼什麼就是你家的廣告詞，讓我由衷地覺得，不管是哪一家便利商店都有它存在的必要。

花了五顆愛心，好不容易過了一關，我正準備打開下一個關卡，突然有一群男同學女同學在自動門的「叮咚」聲後走進來。我好奇地往看過去，沒想到竟然看見王易翔，而且還迎上了他的目光。因爲尷尬，我急急地移開視線，微微挪動身體，看著桌上的手機，想繼續新的關卡。

但其實無論如何，我發現自己根本無法集中精神在遊戲上面。

「學妹，果然是妳。」

當我連連失敗時，有人走到我身旁。我抬頭一看，是那個學生會裡名叫群志的學長，「學長。」

「怎麼一個人在這？」

我站起來，看著滿臉疑惑的學長，接著瞥見在他後頭挑選零食的王易翔。本來要想實話實說的，卻撒了謊，「在等我室友。」

「喔，難怪，想說已經快十一點了，怎麼還不回宿舍。」

我苦笑了一下，很希望群志學長趕快離開或是結束這個話題，「她跟男朋友去約會，等一下就過來了。」

「本來想妳要是一個人，就約妳跟我們一起去看流星雨呢。」群志學長笑著，眨了眨眼。

「流星雨？」我好奇地問。

「天啊，學妹，電視新聞都不停在報導耶！」

「因爲住宿舍之後，就很少看電視，追劇的話，也都在網路上看。」我尷尬地抓抓頭，再次苦笑，這才想起好像在網路上看過新聞標題，「所以……流星雨是今天？」

「今天晚上。」學長指著外面，「有沒有興趣一起去？」

我遲疑了一會兒，最後還是搖搖頭婉拒。當我說出「不用好了」，正巧看見王易翔轉身往櫃台走。

「確定不要？是很難得的機會喔。」群志學長繼續游說，「正好有幾個人都是學生會的學長姊，提早認識也不錯。」

我瞄了正在櫃台結帳的背影一眼，「算了，有一點點累了，何況……」

「嗯？」

「我也不一定會入選。」我聳聳肩。

「唉唷，也太悲觀了。」

這時，有好幾個人都走出便利商店。我指著門口，「他們好像要出發了。」

「那我該走了。眞的不跟我們去？」群志學長隨手抓了身旁的兩包零食。

「是呀，謝謝學長。」我笑著，揮了揮手。

學長走出便利商店後，我拿起桌上的奶茶喝了一口，假裝不經意地看向街上，然後就是這麼巧，瞥見王易翔將安全帽遞給學生會的那位學姊。他要戴上安全帽之前，往我這邊看了一眼，然後才將安全帽戴上，跨坐上機車。

我收回視線，盯著桌上的奶茶包裝，猜想王易翔和那位漂亮的學姊是什麼關係。雖然我很清楚，不管他們是普通朋友，抑或是男女朋友，無論他們之間的關係是什麼，其實都與我無關。

突然間，我想起了之前巧鈴提過，她聽說王易翔好像跟某個學姊很親近。

我看著正在扣安全帽帶的王易翔，在被滿滿疑惑佔據的同時，眞的好希望那個漂亮學姊不是王易翔的女朋友，希望不是……

希望不是。

因爲不再看見他們的互動，我閉上眼睛，最後把臉整個埋在手臂上，直到大約一分鐘後，估計他們應該離開了，才又睜開眼睛。

「妳想去嗎？」

我一抬頭，有個高高瘦瘦而且熟悉的身影站在我身旁，用他低沉的嗓音問我。

「王易翔？」王易翔的出現把我拉回現實。我驚訝地看著他，揉揉眼睛，再往外看了一下停車處，以爲是幻覺。

「想去的話，就走吧。」

「啊？」

「不是很喜歡流星？走吧。」

「你去吧，我有點累了。」聽了他的話，老實說心裡有點感動，但不知道哪根筋不對，我竟然拒絕了他。

明明應該開心的，為什麼連想都沒想我就拒絕他了呢？

我避開他的眼神，把目光移向外頭，看到那個站在王易翔的機車旁的學姊，我終於知道自己為什麼會這樣回答他。

「妳確定？」他挑著眉問我。

我點點頭，擠出一個微笑，「嗯，覺得累了。」

我故意維持著笑容，好讓自己看起來若無其事。然後站起身，拿起桌上喝完的鋁箔包空瓶，拿到一旁的垃圾桶丟掉。再走回座位區，沒想到王易翔還站在那裡，「你快去吧，學姊在等你了。我看我去校門口等室友，你先走吧。」我拿起桌上另一瓶未開封的奶茶，故意拿了一旁的面紙，擦拭被弄濕的桌面，盡可能表現得像真的要離開的樣子。

「那我走了。」他說。

「再見。」我胡亂揮了揮手，沒忘記繼續擦拭的動作，心裡希望他快離開，也希望便利商店外等著他的同伴快快走開，因為不喜歡被這麼多人注視著的感覺。雖然我知道他們注視著的不是我，而是王易翔。

他總算走出便利商店，我突然覺得鬆了一大口氣。不過他們一群人還在門外，我把擦完的衛生紙丟進垃圾桶，假裝拿了一包洋芋片到櫃台結帳，然後站在櫃台前，再假裝東看西看一些小東西，最後走出便利商店大門。這時他們仍然還沒離開，所以我往校門右側天橋的方向去，直到他們那群人的機車引擎聲音呼嘯而過，確定他們都遠離之後，我才折回便利商店，回到剛剛的位置，回到玩著手機遊戲的狀態。

這一關，並沒有這麼幸運，從頭到尾用了十個愛心，都沒有順利過關。當我正沮喪著，手機螢幕顯示出巧鈴的頭像，接著響起巧鈴的專屬手機鈴聲。

「喂！」我想我聲音裡的雀躍，巧鈴應該聽得出來。

「莫默，我手機沒電了，充電之後看見妳打了好幾通電話，怎麼了？」

聽到巧鈴說充電，以爲她回到寢室了，心想我的救世主終於出現，「妳回到宿舍了嗎？」

「沒有，我正要……」

「妳還沒回去？」原來我錯認救世主了。

「還沒，我正要告訴妳，今天不回去了，我們決定去陽明山上看夜景。」

電話那頭，巧鈴的聲音十分甜蜜，但電話這頭的我非常想哭。

「所以，明早才會回來？」

「是呀，再帶早餐給妳。」

「好。」

「不對啊，妳問我是不是回去了，妳不在宿舍嗎？」

「出來買東西，忘了帶鑰匙。」

「忘了帶鑰匙？」巧鈴的聲音飆得高高的。

「嗯，現在在學校對面的便利商店。」

「怎麼這麼糊塗！好啦，我看我還是……」

「不用啦，不用趕回來，妳就……」我話說到一半，手機突然被人拿了過去。我嚇了一跳，看著搶走手機的人。

「不用趕過來了，妳放心，我先掛電話了。還有，我是王易翔。」他對著電話裡的巧鈴說，按下手機，結束了通話。

「果然是這種蠢事。」他說完，瞥了桌上的奶茶一眼，但沒有多說什麼。

我抿抿嘴，「忘記東西這種事情，本來就難免。」

「在妳身上卻很難避免。」

本想說什麼反駁的話，忍住沒有說出口，最後選擇移開了眼神，盯著桌上微微冒出水滴的奶茶包裝。

「爲什麼要說謊？又爲什麼不直接告訴我？」

「告訴你的話，你會幫我嗎？」我反問，因爲由衷覺得他不可能幫忙，所以我說得理直氣壯，而理直氣壯的程度，連我都有點驚訝。

「妳不說，怎麼知道我會不會幫妳？」他皺著眉，不太高興的樣子，「怎麼常常忘記帶鑰匙出門？」

我看了他一眼，他說這話的語氣有點嚴厲。我很清楚他之所以這麼說，是因爲我國小的時候，有一次爸爸媽媽有應酬的飯局會晚回家，交代我下課後自己先回家，但是站在家門口，才發現不管怎麼找都找不到放在書包裡的鑰匙。那天正好王易翔全家人去喝喜酒，也不能去找他，我就這麼站在門口哇哇大哭了起來。直到王易翔和家人回來，要我先去他們家待著，我看到他，才止住了一直停不下來的眼淚。

當時他雖然笑我是不折不扣的愛哭鬼，事後還是告訴我，以後再遇到這樣的情況不要怕，因爲他家的鑰匙都放在門前的腳踏墊下。萬一下次又忘了帶鑰匙，直接去他家就好。如果剛好沒人在，就從腳踏墊下面拿鑰匙直接進去，千萬不用擔心。

我苦笑了一下，不打算搭理他，因爲我猜想現在的他應該不會把鑰匙放在腳踏墊下，而是直接交給女朋友。

「生氣了？」他低下頭，看著還坐在椅子上的我。

我搖搖頭回應他，「沒有。」對於他突然柔和下來的態度，我感到非常疑惑，完全猜不出究竟他在想些什麼。想問，卻問不出口。

他看了桌上的奶茶一眼，伸手拿起奶茶，拉了我的手，「走。」

「爲什麼？」

「跟我走就對了。」他輕輕說了這樣的話，拉著我走出便利商店。

「這是哪裡？」因爲好奇地注視著前方，下車時不小心踩到一顆凸起來的石子，要不是王易翔抓住我，我早就跌倒了。

「怎麼這麼不小心？」他皺皺眉，擔心地看著我，「沒有怎樣吧？」

「沒有。」我搖搖頭。

他停好車，脫掉安全帽，「眞的沒事？」

「嗯。」

「走吧。」

「所以現在是要……」

「看流星雨。」

「流星雨？」我往前走了幾步，看見前方有好多人一群一群坐在那兒，再往前看見遠處燈火點點的夜景，「好漂亮。」

「眞正的主角流星雨都還沒看到。」

我歪著頭看他，發現他臉上的笑容眞的是久違了。以前就覺得他笑起來很好看，現在變得更成熟了，笑容除了好看之外，也更有魅力了。無庸置疑，他一定跟以前一樣，有很多女孩喜歡。

「夜景，好美。」我不由得又重複一次。

「如果看到流星的話，更美。」他又笑了，該死的一樣很好看。

我盯著前方遠處的燈火，對於眼前的美景十分讚嘆，「和天上的星星一樣。」

「來這坐著。」他先坐了下來，然後拉著我，要我一起坐下。

「嗯？」我坐在他身旁。

「就在這等吧！流星。」

「嗯。」將視線從他的側臉移開，我看著前方，即使覺得此刻他的舉動太過反常，但在這樣美麗的夜色下，我無心思考這令人摸不著頭緒的一切，甚至發現自己……好像有那麼一點珍惜這樣的時刻。所以決定暫且擱下疑惑，專心享受這美好的一切。

「就耐心等待吧。」他哈哈地笑了，然後很自在地躺了下來，舉起手枕著，「看到流星了再叫我。」

我訝異地看著躺著的他，在這一剎那間，我以爲自己和他回到了好久好久的從前，「有人這樣看流星雨的嗎？」

「就這麼說定了，最好順便幫我許願。」

「不要。」我哼了一聲。

「變小氣了。」他閉上眼睛。

「不公平。」我學他一樣躺著，看向黑黑的天空，不甘示弱，「不然我們角色互換，看到流星時，再請你提醒我。」

他突然用手撐著下巴，「妳眞的變了。」

發現我們兩個人有點靠近，我突然不太好意思，於是我又坐起身，坐得直直的，拉開和他的距離，「人本來就會變。」

「也對。」他又躺了回去，仰望天空，「就像我們，都變了。」

「對……」聽了他的話，我轉頭看著他的側臉，突然覺得他好像陷入了某種奇怪的情緒。之所以這樣想，是因爲聽了這句話的我，心裡也有滿滿的複雜情緒。

沒錯，我們都變了。

不只我們，連我們之間的感情，也變了。

心裡有很多感覺湧上，也有很多話想問王易翔。

我想問爲什麼在遇見之後，總是急著想把我驅離的他，現在要帶我來看流星雨？更想問如果當初的那件事情像是巨大的刺卡在他心上，爲什麼不乾脆告訴我眞相？

但是有好幾次，我鼓起了勇氣想問，最後還是沒有問出口，就怕破壞此刻的美好。此刻的和平，是這兩、三年來最企盼的事，在這美麗景色下，我只想這樣安安靜靜地相處就好。

「妳有話想說？」

「沒有。」我刻意回答得堅定，但我知道也許瞞不過他對我的了解。

「想說就說吧。」

我苦笑了一下，再次搖搖頭。

「但是妳看起來，就是心裡有話。」

「剛剛不是說我們都變了？所以別用從前的我來判斷現在的我，你對我的了解已經不準確了。」我岔開話題，「對了，學長學姊他們呢？」

「他們出發了呀。」他看看手錶，「應該也到了。」

「怎麼沒看到？」我坐起身，東看西看，但是就是沒有看見他們那群人的身影。

「我去找妳的時候，就叫他們走，我說我不跟了。」

「所以他們不是到這裡？」

「妳不是不喜歡跟不熟的人一起嗎？」

他的話，讓我感到驚訝。

眞的沒有想到他會記得這種事，而且這麼久沒連絡了，他還會注意這樣的小細節，聽了，覺得很感動。

「謝謝。」我的目光停在前方，眼眶和鼻尖稍微有點熱熱的。

「怎麼了？」他也坐起身。

「沒事。」說完，我假裝咳了幾聲，想裝作是因此才泛淚的。

「流星！」他突然指著前方的夜空。

我趕緊從他指著的方向看去，正好看見流星正滑落的尾巴。我趕緊交握雙手，閉上眼睛，趁著這難得的機會許了願望。

而且，還貪心地許了三個。

「妳是許了幾個願望？流星都已經消失十幾秒了。」

我睜開眼，看著不知何時跑到我面前的他，正用他好看的眼睛睜得大大地看著我。

我的心漏了一拍。

「嚇我一跳。」我把手放在胸前拍了拍。

「到底許了幾個願望？」

「三個。」

「這麼貪心？」

「因爲要請流星幫忙的願望很多啊。」

「說來聽聽？」他挑高了眉。

「那你的願望是什麼？」我反問。

「無可奉告。」他倒是很得意。

「對嘛，我不想告訴你，就跟你不想告訴我一樣。」我站起身，拍拍屁股，「走吧。」

「要走了？」

「已經看到流星了，送我回去吧。」

「果然妳還是這麼沒耐心。」他也站了起來，拍拍屁股。

我笑著，在那一瞬間，眞的非常想告訴他「我最有耐心的一件事情，就是喜歡你」，但是想起了他和學姊在便利商店門口的畫面，最終沒有把這句話說出口。

「對了，學姊在等你吧？」我刻意一派輕鬆。

他搖搖頭，無奈地苦笑了一下，「所以是在擔心這個？」

「學姊一定很想跟自己男朋友一起看流星、許個願，就像你一定也想跟女朋友一起看流星一樣。」我假裝說得瀟灑。

「妳這麼認爲？」

「認爲什麼？」

「我和梁玉靈的關係。」

「嗯，誰不會想……」

「去吃消夜。」他打斷我的話，往機車走去。

「王易翔，王易翔！」我看著他的背影。

「快來。」他轉身看我，伸出手，體貼地扶了我一下，「這裡是斜坡，小心。」

「喔……」我跟在他後面走到機車旁。

他將安全帽拿了起來，二話不說就幫我戴上。在扣安全帽時，才開口說話，「剛剛這樣，是不是很像小時候？」

「啊？」沒想到他會這麼說。我其實有點驚訝，想從他的表情看出他在想什麼，卻沒有得逞。

「偷偷溜出去抓魚那次，也遇到大斜坡，我這樣牽著妳的。」

其實剛才我也有同樣的感覺，只不過爲了在他面前顯得自然，我裝傻了，但沒想到他說了出來。

「是啊，滿好玩的。」

他跨上機車，貼心地微傾了機車，「上車，去吃消夜。」

我跨上車，「要吃什麼？」

「祕密。」

我停頓了一下，好奇地問，「吃個東西要什麼神祕？」

他帶我來到一家天橋下的小攤，木製餐車很有日本風格，在漆黑夜色中散放著昏黃的燈光，讓人覺得很特別。

「這家的關東煮也太好吃了吧。」我咬了一口甜不辣。

他笑著，很貼心地加了一些胡椒粉在我的湯碗裡，「所以才要當成祕密啊。」

「好吃。」我滿足地又吃了一口。

我忍不住再次讚嘆時，老闆端上一碗白蘿蔔，「差不多要打烊了，這白蘿蔔送你們吃吧！」

「謝謝老闆！」當王易翔和我異口同聲地向老闆道謝，老闆突然看了我一眼，又看著王易翔。

「換女朋友囉？」

「不是啦。」我急著撇清。

老闆哈哈地笑著，「開玩笑的啦，好啦！你們吃，我順便收一收準備打烊囉！」

「老闆就是愛開玩笑，上次我跟群志過來，他說我的口味換了。」

我噗哧地笑了，「看老闆有點凶凶的，沒想到人這麼幽默。」

「是啊，大家都說他是『刀子臉豆腐心』。」

「是學生會的學長和學姊們？」我這次咬了一口米血。

「不是，老闆他以前在我……養父那裡做事情，後來金盆洗手了，做起小生意。」

「養父？」我很驚訝，筷子上夾著的米血掉落在碟子裡。

他低下頭，臉上閃過莫名的表情，像是一種悲傷還是失落的情緒。但他隨即露出微笑，似乎是要我別再追問。

我點點頭，舀了一口湯，決定不再繼續問他，雖然眞的很想知道爲什麼他會有個養父。

儘管有一百萬個好奇心，想要繼續追根究柢，但是抬頭看見他嚴肅的神情，我知道我應該收回自己的衝動，以延續這短暫的和平。

「看來妳很想問。」我原本低著頭，因爲他的話而抬起了頭。

「很想問沒錯，但是我不想搞砸我們相處的機會。」我抿抿嘴，說出了心裡想著的話。

「那就快吃。」他放下筷子，拿起桌上的錢包準備去結帳。

喝了幾口湯，吃掉最後一塊白蘿蔔，走到他身邊時，他已經把老闆找給他的零錢放進皮包裡，「走了。」

「嗯。」我和他並肩走著，往遠處停放機車的方向走去。

「有沒有吃飽？」

我笑了一下，「當然有。」

「爲什麼在便利商店的時候，不告訴我沒帶鑰匙的事？」他拿了要讓我戴的安全帽，突然問我。

我接過安全帽，考慮該怎麼回答這個對我來說一點都不難，卻又無從回答的問題，「我覺得於事無補。何況，告訴你，你就會幫我嗎？」

「妳覺得我不會嗎？」

「那你會嗎？」像鬼打牆般地，我們各說各話。

「這裡雖然是學區，但也有很多不肖份子，夜深了還在外面晃，是很危險的。」他終於沒有繼續問我，皺著眉頭說了這些話，表情冷冷的。

我看著他，這才知道他說這些話的意思。原來他不是責怪我，而是擔心我在外面遊蕩會有什麼危險，「我知道了，謝謝你。」

他看了我幾秒，「這畢竟不是我們以前住的鄉下。」

我點點頭，看了手錶一眼，覺得有點爲難，「載我回便利商店吧，現在三點多，宿舍還沒開門。」

「我可不想在便利商店陪妳，」他誇張地打了個呵欠，「到我住的地方去。」

「啊？」我瞪了眼睛，明明從前好幾個玩伴也經常躺在同一張床上睡，但現在要單獨去他的住處，突然有點緊張。

「走吧。」他又故意打了一個誇張的呵欠，「幾個小時後，我還有個重要的會議。」

「你載我回便利商店就好了。」我站在原地看著他。

他低下頭看我，臉上是一副不想再囉嗦的樣子，「別再討價還價了。」

王易翔的住處，距離學校有一段路，騎車大概要十五分鐘左右，所以，從接近郊區的地方騎回他的住處，還約莫花了四十五分鐘。

這是一整排還算新的建築，當王易翔按了大門的密碼鎖，準備騎機車進去車庫時，警衛室的警衛大哥走出警衛室，問王易翔今天怎麼這麼晚回來。

「早一點的時候，小靈來找過你。」

警衛大哥看了後座的我一眼，「這位妹妹是？」

「小默。」

「小默，喔喔，終於有緣遇到了。」警衛大哥大笑，露出一顆金色的牙。

「泰叔，我先進去了。」

「喔，好，快去休息，」警衛大哥貼心地推開鐵門，在我們準備騎進去時，他又叫住王易翔。「記得打電話給小靈。」

「再說。」他發動引擎，往車庫騎去。

「來，安全帽給我。」

我脫掉安全帽，遞給他，然後往一旁高高的大樓看去，「謝謝，你住在幾樓？」

「七樓。」

「七樓……好高樓層。」

「嗯，我喜歡住在頂樓。」他停好車子，「走吧。」

我跟著他走到大門前，他拿著鑰匙串在感應器上晃了晃，漂亮的雕花大門「嗶」地一聲開啓。

「你住的地方，感覺很高級。」

他推著大門，示意讓我先進去之後再關上門，「喔，我養父投資的建設公司蓋的，分了幾間，都是套房。」

我跟著他走到電梯前，按了往上的按鍵。

搭上電梯，我背對著裡頭的鏡子，低下頭等待電梯到達七樓。接著跟他走出電梯，走在長長的走廊，最後走到一道鐵灰色的門前，跟著他走進房裡。

他住的房間很整齊，大概是因爲東西不多，屋裡看起來空間很大，往落地窗外看去，有個小小的陽台。

「這裡也有漂亮的夜景。」

他脫了他的外套，「我去沖個澡，冰箱有喝的，隨便妳要喝什麼都可以，自在點就好。」

他走進浴室後，我到陽台上看了好一會夜景，直到站得腳痠了，我才走進房內，關上落地窗。

我看了看四周，最後坐在平面電視前，拿起茶几上的搖控器，隨便轉到播放電影的頻道，看到正在播放的一部懸疑電影，於是便看了起來。

廣告的時候，我隨意看了看，發現書架上的三個相框，一個看起來是學生會出去旅行時拍的大合照，王易翔和指導老師站在中間，玉靈學姊還俏皮地讓王易翔背著，開心地朝著鏡頭笑。旁邊的相框裡的照片，是王易翔高中時和爸媽的合照，最後一張放在鋁製相框裡的照片，背景是在小時候的眷村，照片裡頭，是我和王易翔拿著校內一百公尺短跑的冠軍獎牌，我們兩人都露出十分驕傲的笑容。

記得那時候，我們興沖沖地回家要跟家人分享，鄰居姐姐就幫我們拍下了這張照片。還請照相館洗了兩張，一張給我，一張則給王易翔。

我覺得很珍貴，所以一直放在家裡的房間裡。我不禁在心裡悄悄期望，現在把這張照片放在書櫃上的王易翔，是因爲跟我一樣重視。

在相框旁邊，我注意到一組無敵鐵金剛的模型。我走了過去，看著依然很威風的無敵鐵金剛，瞄到後面紅色的部分，那個用快乾膠黏過的痕跡仍然很明顯，我才確定，這個模型是國中時那一個。

王易翔就算討厭我，也還是把它留到現在？就算他很憤怒，也還是沒有把這個無敵鐵金剛扔了……

「對，是那個模型。」他將浴巾披在肩上，關了浴室的燈，走到我身旁，和我一起看著模型。

「以爲你會丟了。」我指著用快乾膠黏著的部分，尷尬地說。

「有些回憶，我確實想丟了，但對於這個無敵鐵金剛，完全沒有這樣想過。」他轉身，走到電視旁，拿起放在置物架上的吹風機，「因爲那是妳送我的禮物。」

看他開啓吹風機吹著頭髮。聽了他的話，突然有種心酸默默地湧上心頭。我仰著頭，企圖讓差點奪眶而出的眼淚止住，然後若無其事地坐回電視前，故意目不轉睛地盯著螢幕，但腦子裡想的，都是當時我興高采烈地想將無敵鐵金剛的模型交給他，卻不小心在他面前跌倒的回憶。我將禮物盒遞給他，打開盒子才知道摔斷了。一直以爲他會嫌棄壞了的模型，卻沒想到，他不但沒有這樣，還保存著。

雖然知道他留著這個模型不見得代表什麼，也許純粹是因爲很喜歡無敵鐵金剛，但是不知怎麼地，心裡的那份感動卻蠢蠢欲動。

妳怎麼有錢買這個？

當時他這樣問我，我得意地告訴他，因爲這次考試進入前五，爸爸媽媽讓我選了一個禮物當獎勵。

在浴室洗了把臉，走出浴室時，他已經吹好頭髮，關掉吹風機。他走到衣櫥前，從裡頭拿出一個睡袋，放在床旁邊打開，並且從床上拿了一個枕頭放著。

「妳睡床上。」

「我可以……」我指著睡袋。

「別囉嗦。」他直接躺在睡袋上。

「謝謝。」我點點頭，躺在床上，原以爲不會累的，卻打了呵欠。

「看來妳也累了。」

我尷尬地笑了一下，「有點累了。」

「那就快睡吧。」

王易翔才說完，他的手機鈴聲突然響起來。

「幫我接，手機在書桌那邊，說我睡了。」

「啊？」我看了手機一眼，很猶豫，直到手機鈴聲停下，「掛斷了。」

「那就算了。」

手機再一次響起，「連續打兩通，會不會有什麼急事？」

「妳要接就接吧，我不想接。」

「王易翔，快點！」我過去拿起手機，走到他身旁，按了接聽，放在他耳邊。

「阿翔，跑去哪了？」因爲音量很大，我在一旁聽得很清楚。

「沒必要跟妳報備吧？」王易翔接過手機。

「我剛剛不是交代泰哥叫你打給我？」

「他是轉告了，但我有點累了，不想回電。」

我走回去躺在床上，只大概聽了王易翔講了幾句話之後，掛了電話。

「是學姊嗎？」沉默幾秒，我終於忍不住問。

「嗯。」

「她生氣了嗎？」我看著天花板。

「大概是吧，但不重要。」

「眞的不用解釋嗎？還是你現在去找她，或者再打個電話……」

「睡覺吧。」他咳了咳，「她生不生氣，我一點也不在乎，當然也和妳無關，晚安。」

「晚安。」因爲他的話，讓我實在無法反駁，只好妥協，安靜地拉了棉被準備睡覺。

我盯著天花板，在想是不是應該繼續說服王易翔打通電話給學姊，突然覺得疲倦瞌睡蟲好像被趕跑。

「小默……」當我第六次試著揮開內心混亂的念頭時，王易翔叫了我。「睡不著嗎？」

這也知道。「對。」

「曾經答應過妳，要帶妳看流星的，我沒有食言。」

沒想到他會提起這件事，我以爲他忘了。

「明天，學生會甄選的結果公布之後，如果妳進入了名單……就主動退出吧。」

還以爲他要說什麼激勵我的話，沒想到他終究還是秉持著初衷，希望我不要加入學生會。

「爲什麼？」我的眼眶熱熱的。

「看到妳，我就想起我爲什麼會變成現在的王易翔。」

「可是，現在的你不是很好嗎？」

「我現在是很好，但是再怎麼樣，一想起不能跟爸爸媽媽一起生活，現在的一切，就變得很不好。」

「可是……」聽了他的話，我竟然不知道該說些什麼。我讀出了他的無奈，聽出了他語氣中的悲傷。

「就退出吧！否則……」

「否則怎麼樣？」

「我也會想辦法讓妳主動退出的。」他咳了咳，用冷漠的聲音說。

我沒有再說話，甚至沒有因爲他的話而不高興，反而只是感到無奈。我盯著天花板，因爲原本熱熱的眼淚終於奪眶而出。

原以爲過了今晚，代表兩個人之間恢復了一點，沒想到在我放心的同時，他又講了這樣的話。

原來，重承諾的他，只是為了實現說過的話，才帶我去看流星許願，但是因為那件事造成的結果，並沒有改變。

他終究還是希望我離開學生會。依照我對他的了解，他應該更希望我離他愈遠愈好，是我笨，以為和他讀同一所大學，和他加入同一個社團，和他做一樣的事情，可以改變我們之間的關係。現在才知道，原來這一切不是我，甚至不是他可以輕易改變的。

我偷偷吸了鼻子，偷偷嚥了口水，希望自己講話的聲音可以正常一些，「如果選上，我不會隨便退出的。因為我希望等有一天，你可以告訴我之所以這麼討厭我的原因。」

轉身，我面對牆，弓起身子，眼淚不斷地流。

原以為睡不著的，哭著哭著還是沉沉地睡了一覺。隔天早上醒來，已經不見王易翔的身影。很訝異他什麼時候出門，我竟然睡到完全沒有察覺。一下床，就看見桌上擺了一個三明治和一杯飲料。我看著貼在一旁的便利貼，上面交代我一定要把早餐吃完，叫我等等他，他大概十一點多會回來，再送我回宿舍。

但我沒有等他，在我吃早餐的同時，用電子地圖查了目前的位置，順便查到附近可以搭到學校的公車，最後留了一張紙條，謝謝他昨天帶我去看流星，也謝謝他的早餐。

回到宿舍，玩樂了一整晚的巧鈴正在補眠，一聽到我回來的關門聲，就立刻跳下床，拉著我的手逼問昨天晚上的經過。

「事情就是這樣。」詳細講完之後，我做了結論。

「所以妳應該感謝我，讓妳有機會和他相處囉！」

「是讓他有機會告訴我趕快退出學生會。」我白了巧鈴一眼。

「眞奇怪，剛剛聽妳說去看流星那一段，我以爲沒事了。」

「沒有，眞的無解了。」我苦笑了一下，「誰說什麼向流星許願一定會實現的，怎麼當天晚上，立刻就失靈了？」

「沒到最後關頭，怎麼知道是不是失靈？」

「他是認眞的。」我回想著他說一看到我就想到那些事情的話與表情。

「是喔……昨天在電話中，聽到他說他是王易翔，我還以爲你們和好了。」

「有那麼一度，我也以爲他不在意了。」我把外套脫掉，掛在椅背上，拿起一旁的水杯喝了一口，「我愈來愈不懂他的態度，一會兒像個刺蝟，一會兒又像什麼事也沒發生過。」

「眞的搞不懂他在想什麼耶。」

「是啊，我也弄不清楚他究竟是怎麼看待我的。」我嘆了一大口氣，「不過總有一天，我會讓他把一切都說明白。」

「嗯，我相信流星會幫妳的。」

「希望別遇到我就不靈了。」

「不會啦！所以，眞的許了和他有關的願望？」巧鈴笑得很曖昧。

「我眞的希望流我和王易翔能夠和好。」

「我會幫妳一起祈禱的。」

「謝謝妳。」

「突然想到，班代他們約今天一起吃晚餐，我們一起去吧！」

「吃飯？」

「不准拒絕，這樣才能快點認識同學。」巧鈴伸出食指警告我。

「可是……」

「別可是了，只是在校內餐廳吃一吃而已，重點是互相認識。」巧鈴笑著，「聯絡感情啊。」

我想了想，「好啦！就一起去。」

最後答應了巧鈴。因爲我想起我對自己的期許，就是希望大學生活能夠過得和從前不一樣。

大概是因爲名字比較特別，好像大部分的同學都記得我。我們點完餐開始聊天時，大家都不假思索地叫出我的名字。當我爲此感到驚訝時，班代竟笑著說不只是因爲我名字特別，是大家對美女都比較印象深刻。

美女……這是第一次有人這麼形容我，雖然我知道這是種誇大的說法。

吃完，大夥兒又聊了一個多小時，最後班代提議一起搭公車到姊妹校附近的夜市商圈逛逛。看著大夥兒興致沖沖，加上巧鈴和林聿飛的慫恿，我不好意思拒絕，最後只好答應一起前往。十幾個人一起走出校門，非常幸運地等了不到五分鐘，就搭上了公車。

只不過，等公車這件事情確實很幸運，我卻很不幸地被巧鈴放鴿子。

正當公車緩緩地朝我們的方向駛來，巧鈴的男朋友突然出現在我們眼前，不到幾秒鐘就說服了巧鈴拋棄她最好的朋友兼室友，投向她男朋友的溫暖懷抱。

這麼樣的見色忘友不打緊，還半慫恿半強迫地將我推上公車，要我別因爲她的臨時變化而改變主意。

「怎麼感覺心情不太好啊？該不會是因爲巧鈴沒有來吧？」坐在我身旁的林聿飛問我，我從右邊窗戶玻璃的倒影中，看見他擔心的臉。

「沒有啊，」回過頭，我擠出笑容，「大概是有點累。」

「那就好。」

「不用擔心我。」我再次擠出笑容。

他點點頭，大概有幾分鐘沒有說話，直到公車停靠了某個熱鬧的站，接著又啓動時，他清清喉嚨。

「也許太多管閒事，但是還是很想問妳。當然，若我的問題讓妳不開心，妳也可以選擇不回答。」

我點點頭，將目光放在前方的椅背上，「好。」

「剛剛走來公車站的路上，妳跟巧鈴聊天的內容，雖然我聽不太清楚，但是隱約聽到學生會長王易翔的名字。該不會是因爲他才不開心吧？」

我拉拉自己的臉頰，「我看起來很不開心？」

「是啊。」林聿飛聳聳肩，「算是個喜怒哀樂相當形於色的女孩。」

我繼續拉著自己的臉頰，「眞不是件好事情。」

「所以呢?他該不會又威脅妳，要妳放棄加入學生會了吧？」

「如果是呢？」我看著眼前認眞的林聿飛，忍不住反問。

「是的話，就去幫妳討公道啊。」他誇張地拍拍胸，「別忘了，我不是說要抗議的話，我一定奉陪嗎？」

「最好是去討公道。」說完，我也誇張地翻了白眼。

「不過話說回來，感覺妳跟他熟到不行耶。」

我思考了幾秒，考慮應該怎麼跟他說，「就曾經滿熟的，可能因爲時間和距離的關係，變得……沒有這麼熟了。」

「怎麼了？」

「我們算是青梅竹馬。」我笑了一下，突然想到巧鈴曾說過青梅竹馬的戀情很浪漫，當時竟然忘記告訴她，也許青梅竹馬成爲戀人很浪漫，但是單戀卻非常苦。彼此的熟悉，可能有助兩個人的友情快速昇華，或比一般的情侶要來得有默契，卻也可能因爲這樣，使得兩個人一直處在「友達以上，戀人未滿」。單戀的那一方，則注定了承受單戀。

「那爲什麼感覺起來……」

「這麼針鋒相對嗎？」我苦笑了一下。

「可以這麼說。」他聳了聳肩。

我正想告訴林聿飛別再談王易翔，坐在第一排座位的班代突然站起來，告訴我們準備下車。「好像到了。」

「嗯。」林聿飛站起身，在我站起來差點跌倒的時候抓住了我，「小心。」

「謝謝。」走在林聿飛之後，我跟著走到車門前。

下了車，還走了大概五分鐘左右的路，就來到了聽說很有名的觀光夜市。

原本，我和林聿飛還有班上兩三位同學一起，逛著逛著，當我打完彈珠，從只得到一顆口香糖的懊悔中回到現實，才發現只剩下林聿飛跟我兩個人。

「其他人呢？」

「大概是看我們的遊戲太無趣，不屑與我們爲伍。」

「眞的假的？」

「沒關係啦，反正等一下就遇到啦。」林聿飛笑得十分開朗，「對了，要不要射飛鏢？」

「啊？」

林聿飛指著右手邊的攤子，「射飛鏢。」

我看著，點了點頭，想起之前國中畢業旅行的時候，平常沒玩過射飛鏢遊戲的王易翔，竟然在觀光夜市的射飛鏢攤子上贏了一隻超級大的玩偶。當時我站在他旁邊，看他百發百中，自己卻沒射中半顆氣球，心裡只有滿滿的崇拜。

「但我超差的。」

他拉著我走到攤子前，給了老闆兩百元，然後對我說：「反正就一起玩吧。」

「我眞的超爛的啦！會浪費錢。」

「有什麼關係？」他把放滿飛鏢的小塑膠籃放在我前面，「試試看嘛，開心最重要啊。」

於是，我們又加碼玩了一局，我一支也沒射中。但是站在我旁邊的他，竟然每一發都帥氣地讓氣球爆破。最後老闆娘臭著臉，問我們要選上排的哪一個玩偶。

「送給妳。」

我指著自己，「送給我？」

「對啊。」

「我沒射中半個耶。」我尷尬地笑了一下，「你選自己喜歡的東西好了啦。」

林聿飛笑嘻嘻地將錢包放進背包裡頭，「沒有功勞也有苦勞，送給妳。」

「沒有功勞也有苦勞……林聿飛，這句話怎麼聽起來像是一種諷刺。」

「我是實話實說。」林聿飛聳聳肩。

我看看抱在懷裡的頑皮豹，「也太可愛了。」

「拿回去，就當妳的幸運吉祥物吧。」

「那我拿走囉？」我又看著懷裡的頑皮豹，再次覺得這個玩偶實在很可愛。

「拿去吧，我們是戰友，這就當作是我們的……歃血爲盟的信物好了。」

我皺皺眉，但還是忍不住地笑了出來，「還信物咧，不過倒是謝謝你不嫌棄這麼沒有戰鬥力的戰友。」

「嫌棄？」他哈哈地笑了，「每個隊友都有不同的專長，我的專長是努力射中每一個氣球，妳的專長就是站在旁邊吶喊加油就好。如果眞的要到學生會抗議，我可以在前方衝鋒陷陣，妳在大後方等我也好。」

我又笑了，「這樣感覺好弱。」

他從我手中拿走頑皮豹，然後用頑皮豹的嘴巴敲了敲我的頭，「站在大後方搖旗吶喊的隊友很重要。」

「謝謝你陪我回來。」快到宿舍時，我接過他遞過來的頑皮豹。

「這是紳士風度。」

「好個紳士風度，謝謝你送我頑皮豹。那我先進去囉。」我笑著，走上宿舍的階梯時，沒想到正好看見站在階梯上的玉靈學姊，接著映入眼簾的身影，是王易翔。

雖然覺得尷尬，但我還是給了玉靈姐一個禮貌的微笑。

「所以你們是去約會嗎？」玉靈學姊往前走了一步，先是看了我抱著的頑皮豹一眼，再看了一下林聿飛。

「沒有，我們和同學一起去逛夜市。」

玉靈學姊雖然點點頭，卻滿臉不相信的樣子，「看來我們小學妹的男生緣滿好的。」

「不是啦，我們是一群人出去，因爲……」我急急地否認，話沒說完，卻突然覺得自己不是擔心玉靈學姊誤會，而是站在原處的王易翔。

「美女的男生緣當然好。」林聿飛搶走了我的話，還故意嘆一口氣，「這是千古不變的定律，就像玉靈學姊身旁不是也有護花使者嗎？」

「林聿飛！」胡言亂語的林聿飛被我狠狠搥了一拳，同時也緊張地瞄了王易翔一眼，希望他別誤會什麼。

只是，我發現他臉上並沒有任何表情，表情一樣是冷冷的。

看起來，他並沒有誤會什麼，照理說，我應該覺得高興才對，我卻發現自己此刻竟因爲他的無所謂而失落。

後來，很不自在的我隨便揮了揮手，急著走進宿舍，撇下好像還跟玉靈學姊、王易翔聊了什麼的林聿飛，一心只想趕快回房間。而王易翔的表情與反應，始終讓我掛在心上，我覺得好難過。

「妳和林聿飛還跑去哪裡？」

一打開房間的門，巧鈴立刻像個舍監般地問我。「好玩嗎？」

我放下背包，「還可以，戰利品。」我把頑皮豹塞在她的懷裡。

「打彈珠？」

「射飛鏢。」我笑著，「林聿飛超強的，彈無虛發，根本跟王易翔一樣的境界。」

「這麼厲害？」巧鈴抱得緊緊的。

「很厲害，顯得我是豬一般的隊友。」我聳聳肩，「一個都沒射中。」
「丟不丟臉啊妳。」巧鈴吐吐舌。
「超丟臉。」我也回應了一個鬼臉。
「那，是他送妳回來的嗎？」
「嗯，送我到宿舍門口。」
「我就知道我沒看錯人。」
「什麼？」
「林聿飛啊，我就知道他是體貼的男生。」
我點點頭，想起剛剛他堅持要陪我走到宿舍門口的表情。
「但是，我的好室友呀！爲什麼妳看起來有一種……淡淡的憂傷啊？」
「憂傷？」
「對啊，溫馨接送情，不是應該覺得溫馨嗎？」
我咬咬下唇，「在宿舍門口，碰巧遇到王易翔，應該是……送學姊回宿舍吧。」
「那他看到妳了嗎？」
「有。」
「喔？」巧鈴挑高了眉，眼神很曖昧。
「我們沒有說話，倒是林聿飛和他們聊得很開心，搞不好現在還在門口呢！」

「那奇怪耶，遇到喜歡的人這麼開心的事，爲什麼妳看起來愁容滿面？」

我嘆了一口氣，把剛剛覺得不開心的事情說了一遍，然後再嘆了一口氣。

「會不會他是故意裝冷淡？」

我瞪大了眼睛，看著像極了偵探的巧鈴，「不可能的。」

「怎麼知道不可能？」

「我就是這樣覺得。」我走到床邊，然後躺上床，閉起眼睛，「也許，回憶就只是回憶，就像我桌上的電影票一樣，撕碎了，怎麼黏都沒用。」

「唉唷，這麼沮喪，很不像妳耶！」

「我一直是這樣，是因爲王易翔，才變得勇敢一點的。」我苦笑，坐起身看著巧鈴，「昨天去看流星，我還天眞地以爲我們之間的尷尬算是化解了，沒想到都是我自己一廂情願的想法。看他這樣忽冷忽熱的，我發現自己愈來愈不懂他了。」

「嗯，眞的滿莫名其妙的。」

「巧鈴……」

「嗯？」

「如果可以幸運地進入學生會，我就再勇敢一陣子。如果無法改變什麼，我會適時放棄的。」

「不管怎樣我都支持妳，希望妳能順利進入學生會，至少努力一次。」巧鈴緊握著拳，一副爲我加油的樣子。

「謝謝妳。」我看著很認真的巧鈴，給她一個看起來很有自信的微笑，但其實我心裡一點信心也沒有。

尤其想到王易翔講的那些話時。

最後一堂課還沒下課，趁著教授在黑板上寫著下次要討論的課題時，坐在我隔壁的同學偷偷叫了我的名字，告訴我學生會甄選名單已經公布了。我問她有沒有看到我的名字，她告訴我因爲人多又急著回教室，所以沒機會幫我仔細看。

我的心早已飄得好遠，總是想著名單上一條一條的名字當中，會不會有「莫默」兩個字。

下課後，立刻和林聿飛衝出教室，和他站在學生會辦公室外的公布欄前，我仔細看著名單，看見大大的「林聿飛」三個字出現在第一個格子裡。

「你在這裡。」我開心地指著他的名字，告訴他。

「快找找看有沒有妳。」他往前一步，認真地邊唸我的名字邊找。

「還沒有看到……我……」我緊張地看著名單，想找到簡單的兩個字「莫默」，快要放棄時，聽到林聿飛雀躍的聲音。

「莫默！」
「啊？」我驚訝地朝他指著的地方看去，終於看見自己的名字。
「耶！好高興。」我開心地抓著林聿飛，「我太高興了，哈哈。」
「一起加入學生會。」林聿飛也笑得很開心。
「好高興，好高興，我眞的……」我抬頭看林聿飛，話還沒講完，就看見正走出學生會辦公室的王易翔，而他正巧也看見了我興奮的愚蠢模樣。
「學長，謝謝你。」林聿飛轉身對王易翔說。
「不用客氣，今後就在學生會一起努力吧。」王易翔帥氣地笑著，還拍拍林聿飛的肩，完全是一個親切好學長的樣子。但他只是淡淡地瞄了我一眼，維持著一貫的冷漠。
看著王易翔要離開的背影，我叫住了他，「王易翔！」
他停住腳步，但沒有回頭。
「我也會努力的。」
「那就加油，大學的學生會跟以前不太一樣。」說完，他跨開步伐，往前走去。
他很快地走遠了。而我耳邊圍繞著他剛剛說的「加油」，原本興奮的心情，因此變得更美好。
「走，我們去吃冰。」林聿飛提議。
「吃冰？」我睜大眼睛。

「慶祝。」

「好，一定要慶祝！因爲眞的太開心了。」

「能不能撐到最後，還說不定。」從學生會辦公室走出來的玉靈學姊，不知道什麼時候站在我們後方。

「學姊……」

「學姊，幹嘛啦？」林聿飛笑著。

玉靈學姊看著我，「我可沒有開玩笑，我只是提醒即將加入學生會的小學妹，沒有認眞學習，或是能力不足的人，可是無法在學生會待下去的。」

再笨也聽得出玉靈學姊的威脅。原以爲玉靈學姊是個溫柔的人，沒想到有這麼威嚴的一面。

「嗯，我們會加油的。」我點點頭。

玉靈學姊抿抿嘴，「聿飛，不是每個人都像你一樣優秀，你可要好好幫忙你同學，不然……」

「學姊，我知道了。」林聿飛點點頭，沒讓玉靈學姊把話講完，然後雙手放在玉靈學姊肩上，把她往前推，「學長都走遠了，快跟上吧。」

過了一會兒，林聿飛才說：「別想太多，只要認眞，我相信指導老師不會隨便把人淘汰的。」

「希望是這樣。」我回答林聿飛，也同時給自己信心。

林聿飛低下頭，帶著奇怪的笑意看我，「學姊說的話竟然沒有嚇到妳，看來，王易翔講的加油，威力很大。」

我瞪了他一眼，「幹嘛這樣！」

「實在話囉。」

「好啦，你說對了，因爲王易翔的一句加油，學姊說了什麼，好像都不重要了。」

我聳聳肩，「一點也不擔心。」

我笑了，想著王易翔用他那充滿磁性的聲音說出「加油」，不管學姊怎麼打擊我，都不會影響我的信心，心裡有著滿滿的力量一樣。

回宿舍前，我和林聿飛去吃了校內餐廳的滷味，還順便買了一大包零食。回到寢室，一躺在床上，我立刻撥了一通電話給媽媽。雖然我是藉口我想念爸爸媽媽了，但媽媽還是查覺到我的雀躍，一劈頭就問我是不是發生了什麼好事。

只是，當我告訴她，我終於通過學生會的甄選，可以和王易翔在同一個社團努力時，媽媽沒有多說什麼，只要我別太累就好。至於任何關於王易翔的事，倒是一句也沒問。

我成大字型躺在床上，大概是因為心情好，總覺得自己就像躺在軟軟的白雲上一樣輕鬆，我想，這是上大學以來最開心的時刻之一了。

沒想到，這一躺，竟睡了沉沉的一覺。之所以醒來，還是被連續的手機簡訊題是音吵醒。

我揉揉眼睛，轉了身，抓起床頭的手機看了一下，首先看到的是手機螢幕上的時間，顯示著晚上十二點二十分。正好奇有誰會這麼晚傳訊息給我的同時，我打開了訊息來看。

已經這麼晚了，會是誰呢？

沒有過多的猜測時間，第一個訊息就告訴了我……

「我是梁玉靈。」加上一個微笑貼圖。

第二個訊息是一張照片，在我還沒點開照片時，玉靈學姊又傳來照片。

第一張照片是在KTV包廂裡的照片，站在中間的是副會長、王易翔，還有幾位學長、學姊，以及同屆的夥伴，幾個人都站著，手勾著手，對著兩個麥克風嘶吼的模樣。氣氛只能用歡樂來形容，而站在王易翔右手邊，勾著他的手的人，就是玉靈學姊。

第二張照片看起來是側拍群志學長和器材組學姊合唱情歌的深情畫面，但吸引我的不是群志學長深情款款的樣子，反而是坐在一旁靠著椅背的王易翔，以及坐在他身邊的玉靈學姊將她身體慵懶靠在王易翔肩上的樣子。

我重複看了幾次照片，一種怪怪的情緒又默默地襲上心頭。也許這樣的畫面太過引人遐想，不舒服的感覺愈來愈強烈。放下手機，想繼續剛剛的睡眠，但是我的思緒隨著好多猜測浮浮沉沉。

這沒有什麼吧？以前我累了的時候，王易翔也會讓我靠著他的肩假寐片刻。而且那個側拍的角度，看起來是角度問題。就是因爲角度的關係，看起來王易翔才會和玉靈學姊這麼靠近，玉靈學姊看起來才會像是「依偎」在王易翔的身旁。或者是玉靈學姊累了、不舒服，王易翔才會要她先休息一下吧。

好多的理由，像是自我說服了，卻又在短短幾秒鐘之後顛覆。當我焦躁不安之間，又收到了下一個訊息。

這個訊息，同樣是一張照片。照片中，玉靈學姊拿了一杯像是裝了冰啤酒的透明玻璃杯，在一旁拍手的眾人面前，親了王易翔側臉。

幾秒後傳來的文字訊息上面寫著，「莫默，既然妳對阿翔的企圖這麼明顯，那我就當作妳直接不客氣地宣戰了。宣戰了，那我自然奉陪。從小到大，我要的東西從來都不會讓給別人。也許妳以爲自己和阿翔之間有很多共同回憶，也許妳以爲這是妳的勝算。但其實，這些回憶都是阿翔最想丟棄的，就像那件事情的眞相一樣，不僅是阿翔心裡最深最痛，永遠難以癒合的傷痕，同時也是妳和他之間永遠無法跨越的一道牆。所以，就算阿翔最後沒有選擇我，但是他選擇的人一定也不會是妳。對了，一連串說了這些話，只是希望妳別因爲阿翔帶妳去看了流星雨，就以爲改變了什麼。」

看完手機螢幕上的訊息，我控制不住地全身顫抖著。我不知道心裡強烈的情緒究竟是憤怒、難過或是其他的什麼。我讀了一遍又一遍，每讀一次，心就好像被劃下一刀。

複雜得難以釐清的情緒襲捲而來。儘管沒有掉下眼淚，我的心卻激動地跳著。我試圖想回個訊息，讓玉靈學姊知道我並沒有「宣戰」的意思，但是想到她跋扈又囂張的言語，我最後只是把打好的字串刪掉，盯著玉靈學姊長長的話，讀了一次又一次。

原來玉靈學姊也知道那件事情的眞相，原來，王易翔會把這麼重要的事情告訴她。

根據我對王易翔的了解，對於他不想提起的傷口，他是絕對不會輕易告訴別人的，他卻告訴了玉靈學姊。

而他告訴了玉靈學姊，也堅持不告訴身爲當事人的我。

「莫默，妳醒囉？」捧著盥洗用具的巧鈴走進宿舍，好奇地問我。

「嗯，對啊。」我苦笑了一下，坐起身。

巧鈴在我身邊坐了下來，「妳怎麼啦？怎麼看起來臉色怪怪的？」

「有嗎？」

巧鈴打了個呵欠，大概是瞄到椅子上的手機螢幕還亮著，好奇地拿了起來，快快地讀了訊息，「梁玉靈傳這種訊息，會不會太過分了？」

「噓……」我將食指放在唇邊，要巧鈴小聲一點。

「她是連續劇看太多了嗎？」巧鈴誇張地皺起眉，又看了手機一次。

我吐了一口氣，「也許是我眞的激怒她了。」

「不管是不是激怒她，她也沒必要這樣嗆聲吧。什麼『妳和他之間永遠無法跨越的那一道牆』？什麼『他選擇的人也一定不會是妳』？是不會選擇她吧。」巧鈴說得義憤塡膺。

「巧鈴，小聲一點，會吵到隔壁寢室的同學。」

「太令人不開心了！」

「是不開心啊，很不開心。」

「妳怎麼看起來一點都不生氣？收到這莫名其妙的照片，莫名其妙的簡訊耶！」巧鈴看了一眼牆上的時鐘，「這大半夜耶。」

「我不知道是不是生氣，還是其他什麼情緒，我說不上來。」我認眞地說著，眼眶有種熱熱的感覺，「我只是覺得，王易翔不會隨便把這種事情告訴別人的，既然他說了，就代表玉靈學姊在他心裡很重要。我只是覺得……一直以來，我以爲一定能讓王易翔親口告訴我當年到底發生了什麼事，但其實我一點辦法也沒有。」

巧鈴看著我，無奈地搖搖頭，「別想太多，也別受到她的影響。眞的在意，我們直接去問王易翔，好嗎？」

「我當然知道玉靈學姊是故意挑釁的，但我想了想，其實她說得沒錯。」

「莫默……」

「她說得沒錯，都是我在自欺欺人罷了。」我苦苦地笑了，「就算當時我們兩家之間沒有發生什麼，就算我們是從小一起長大的青梅竹馬，王易翔也不見得會喜歡我。現在呢，我和他之間還卡著那件事。不管怎麼樣，我也不會是王易翔會選擇的那個人。」

巧鈴也沉默了。幾秒鐘的時間裡，似乎找不到什麼話安慰我。後來她將手放在我的肩上，「那個在愛情面前充滿自信的莫默，那個講到王易翔時，一副天不怕地不怕的莫默，哪裡去了？」

聽了巧鈴的話，我再次掉下眼淚。

在樹林裡迷路了吧，我想。

也或許，那個充滿自信的莫默，自始至終都不曾存在。

終於見識到學生會可怕的忙碌，果然與高中時期的學生會大不相同。高中時，學生會主要有身兼指導老師的活動組組長協助指導，指導老師會給予主要的工作方針，我們只要依循著老師的規定去完成就行。不管是活動的規畫、比賽的舉辦，或是其他必須配合學校的活動，都只要按部就班地去做就可以了。但是大學裡的學生會全然不同，指導老師給予很大的自由空間，大部分只是稍作提點，所有活動的規畫與設計都需要夥伴們從無到有發想，另外還必須站在全校同學的角度設想，功能性必須充分發揮。

加入學生會之後，第一個星期，進行了一連串的訓練課程。聽說這是王易翔向老師建議的。課程結束，每個人就開始輪調至每一組別。王易翔在教育課程開場時就提到，他和指導老師都希望每個人在最終選定自己的組別前，能夠充分了解別組運作的方式，這樣往後在分工合作時，也才能更互相體諒。

和高中的時候一樣，我選擇了美宣組。但因爲必須輪調，我首先被安排到活動組去，每次輪調大概需要兩個月。而且就是這麼巧，活動組的組長正好是警告我要認眞的玉靈學姊。學期開始的任務，就是找贊助廠商，除了爲舉辦的活動拉贊助之外，也順便爭取學校同學消費時的福利。

「各位夥伴，謝謝大家堅持到最後，往後希望大家能用這樣的精神，除了做好自己的任務，也在學生會裡爲校內同學爭取福利。等一下學研組的學長姊會發給各位識別證，歡迎大家，學生會新學年的運作，就從明天開始。」

王易翔在台上認眞地說著，臉上的神情，我相信是會迷死不少女孩的。只是我在台下看著他，卻想起玉靈學姊的簡訊以及那幾張照片。

他簡單說了一段話，然後鞠了一個躬，大聲說感謝大家時，我不經意聽到坐在後排的女同學們偷偷討論王易翔有多帥，還意外地聽到她們談論到之所以加入學生會，其實就是因爲王易翔。

他還是這麼受歡迎，即便已脫離了國中時期那種盲目崇拜，高中時期情竇初開「外貌協會」的時期，到了大學，還是很多女生喜歡他。我偷瞄了站在講台旁的王易翔，發現現在的他確實比從前更帥了些，散發出來的自信，也讓他變得更吸引人，走到哪裡都會是眾人注目的焦點。

分開之後，他持續變得更好，成為一個與眾不同又特別的男孩。但是他離開後、因為他的離開而傷心難過的莫默，所做的最有意義的事，竟然就只是認眞用功讀書，希望能和王易翔進入同一所大學而已。

換句話說，王易翔離開以後的時光，我的進步完全是少得可憐，用功的動機更是可笑得很。之所以用功讀書考上大學，都是為了王易翔。如果把莫默的進步和王易翔的進步相比，根本是天壤之別。

「莫默，叫到妳了。」

坐在我旁邊的林聿飛碰了碰我的手臂，才讓我從回過神來，「啊？」

「叫到妳的名字了。」

「喔。」看到大家都往我看過來，我慌張地站了起來，不小心把折疊椅往後推倒，椅子更是不小心敲到後面那位女生的桌子。她叫了一聲，我趕緊把椅子扶好，「對不起，對不起。」

她看了我一眼，感覺有點惱火卻又不敢當眾發飆的樣子，只是無奈地看著我。「沒關係。」

頂著眾人的注視，我心裡有一點緊張。走上前，到講台領取識別證時，發現王易翔也正看著我，「謝謝學姊。」

「加油喔。」長頭髮的氣質美女學姊很溫柔，將識別證交給我的時候，還對我露出銷魂的微笑。

「謝謝。」我接過識別證，也給了學姊一個微笑。

領完識別證，回到座位，我暗自告訴自己暫時先把玉靈學姊簡訊的事情丟在一旁，不然我會在學生會裡惹來更多麻煩。

其他同學陸續領完，各組留下開會。我跟著玉靈學姊走到講台前的區域，加上新舊組員一共十五位成員，開始活動組的會議，討論工作項目，以及新的活動計畫。

明明說花個半小時的時間讓各組討論，真正討論完卻發現已經過了一個多小時。確定各組都討論完畢，群志學長收拾著自己的筆記本，提議大夥兒到校外的平價牛排店聚餐。原本大家聽了提議之後意興闌珊的，沒想到在王易翔點頭之後，幾個女同學跟男同學也紛紛點頭同意，還熱切地討論那家平價牛排店餐包、湯品吃到飽的事情。

我把鉛筆盒和資料放進背包，已經收拾好東西的林聿飛站在我身旁等我，「要去嗎？」

「不太想。」思考了幾秒，我小聲地說。

「好，那就不去。」

背起包包，我跟林聿飛準備走出教室。才走到教室的門前，那個氣質學姊就叫住了我們，「你們不一起去嗎？呃，莫默和聿飛。」

林聿飛笑著婉拒，結果學姊又轉向我問，很驚訝她竟然記住了我的名字。

「下次再去，謝謝學姊。」我覺得不好意思地謝過學姊。

「好啊，反正還有很多機會。」

「那我們先走了。」林聿飛拉開大門。

「我想去一下圖書館。」走出行政大樓的時候，我說。

「我也一起去吧。」

「你也要去？」我瞪大眼睛。其實這是幾秒前才做的決定，因爲從學生會辦公室往宿舍和校門口是同個方向，爲了避開王易翔他們，我決定往反方向走，去圖書館。

「對，一起去。」林聿飛聳聳肩，「或者連我也想避開的話，那我就先回去了。」

沒料到林聿飛會這麼說，我皺緊了眉，嘆了一口氣，「連這也被你猜對了。」

「只能說從小到大，我猜題的命中率一向很準。」

「這樣也行。」我笑了。

「我是說眞的。不過，妳要去圖書館的動機，我倒是不確定是因爲我的猜題命中率高，還是其實是任何一個旁觀者都看得出來。嗯……包括妳想避開的人，說不定隨便都猜得出來。」

「你很機車耶。」

他攤了攤手，「實話實說囉！」

「嗯……」我往圖書館的方向走著，「謝謝你的配合。」

「哈，小意思，再說，和妳在一起很開心。」

「什麼？」

「就覺得無聊，反正也沒什麼事情，就想，妳要去哪裡就一起去。」

「無聊？」我看著他，「那幹嘛不跟他們一起去吃牛排？」

「沒有那麼想。而且妳不去，我也興致缺缺。」

「少來了，你明明就認識很多人了。」

「說眞的啦。」

正想反駁他，我突然覺得肩上有個怪怪的感覺。我停下腳步，偏過頭看著肩膀，胡亂拍拍，「林聿飛……」

「嗯？」原本還繼續往前走的林聿飛停下腳步，往回走一步，然後看著我的肩膀，「有一隻毛毛蟲。」

「啊……」我皺起眉，緊張地差點跳起來，「幫我啦……幫我！」

他很該死地哈哈大笑，接收到我的白眼之後才正經起來，從背包裡拿出一張紙，小心翼翼地幫我把毛毛蟲「請」下去。

「還有嗎？」我緊張地問。

「沒有了。」

「我剛剛拍的時候，是不是……弄到牠了？」我皺緊了眉頭，很擔心發生某件事情。

他拍拍我的肩，「很乾淨，沒有怎樣。」

「確定？幫我看啦。」

他笑了一下，故意認眞地看了一會兒，「沒有留下一片雲彩。」

「好恐怖。」我拍拍胸，「嚇死了。」

「放心。」他拍拍我的頭。

「嗯，我眞的很怕毛毛蟲。」我放心地笑了，「走，圖書館！」

我終於放心了一點，順便看了一眼在人行道旁繼續往前爬行的毛毛蟲是否仍然安好。一抬頭，正好看到學生會的那群夥伴。他們正在距離我們不到五十公尺的地方聊天，而王易翔就站在前方，恰巧往我和林聿飛看過來。因爲他的注視，讓我有點尷尬，我想假裝沒看到移開眼神，卻沒想到林聿飛竟然朝王易翔揮了揮手，還喊了一聲學長好。

他的舉動，讓那群學生會的夥伴注意到我們。我拉著他的手，還趁機揍了他一下，

「林聿飛，你很有事耶！」

「向學長打招呼有什麼錯？」他笑嘻嘻的。

「走了啦。」我繼續拉著他的手，希望阻止他丟臉的舉動，讓他別再繼續跟每一個認識的學長、學姊打招呼。

「好啦。」他笑嘻嘻地跟著我走。

「你眞的很好笑，你沒看到路過的人都覺得莫名其妙地看著你喔？」

「沒有。」他哈哈地笑了，「因爲我只注意到有一個人很奇怪，尷尬到臉都僵了。」

他的話，一個字一個字敲進我耳裡。剛剛只是覺得遇到王易翔，又讓王易翔看見我們正在對付毛毛蟲的畫面，心裡有點不好意思而已。雖然也很清楚，除了不好意思的感覺之外，還有一點點奇怪的情緒。

「幹嘛怕他誤會？」

我看著並肩走著的他，「什麼怕他誤會？」

「剛剛不就是因爲被他看見了，才覺得尷尬嗎？」

「才不是，是因爲怕毛毛蟲的愚蠢舉動怕被看見，覺得難爲情。」

「嗯，妳這麼說，我就相信。」他聳聳肩，「但是，最清楚的人，就是妳自己。」

「林聿飛……」

也許看我跟著他嚴肅起來，他哈哈地笑了笑，拍拍我的頭，「開玩笑的，嚇到妳囉？表情怎麼這麼嚴肅？」

「沒有。」

他嘆了一口氣，「別放在心上。」

我站在圖書館大門，按下自動門開啟的按鍵，不打算多說什麼，「不會的。」

「老實說，看妳這麼在意他，我好像有一點嫉妒。」

「你在說什麼？」

「沒什麼，走吧。」

林聿飛真的很貼心，在我到流通櫃檯辦理借書手續時，他趁著我把學生證放進錢包裡的空檔，二話不說接過那些書拿在手上，還陪我到校內餐廳，填飽開始抗議的五臟廟。

走出餐廳，我忍不住說：「好飽喔。」

「還是走一走，幫助消化？」

「不然，從棒球場那裡繞回宿舍？」

「好主意。」他比了個讚。

「不對，這樣會不會太重？幾本給我好了。」這才想起他還幫我拿著書，我不好意思地說。

「不會，拜託，我是運動健將。」

「運動健將？」我笑了一下，「眞的還是假的？」

「當然是眞的，前幾天還加入了籃球校隊。」他說得很得意，「高中聯賽冠軍隊伍的得分高手、靈魂人物，可不是浪得虛名。」

「頭銜好長，不過聽起來挺有兩把刷子。」我點點頭。

「是幾把，不只是兩把而已。」

「對，好幾把！」我沒好氣地說。「不過，你什麼時候去參加甄選的，怎麼沒聽你說？」

「拜託，我根本不用去甄選，是校隊的學長來邀請我的。」挑挑眉，他得意地說。

「是喔……」我想了想，高中時，桌球校隊老師也主動鼓勵王易翔加入桌球校隊的事情，「你們怎麼都這麼厲害啊？」

「妳說的『你們』是指王易翔跟我嗎？」

我點點頭，「對啊，他是桌球高手。」

「桌球？」

「超強的。」

「嗯。」林聿飛隨意地點點頭。

「是啊，從國小開始、國中、高中都是比賽的常勝軍。」

「我也是比賽的常勝軍，希望妳以後在向別人介紹我的時候，也會用到這樣的形容字眼。」

我沒多說什麼，用笑容回應他，腦海裡浮現玉靈學姊傳的照片的畫面。

「有點瞧不起我的意味。」

「想太多了。」我哼了一聲，和林聿飛慢慢地並肩走著。

「莫默！」林聿飛一個箭步站在我的面前，大大的手在我眼前揮了揮，「邊走邊發呆也算是一項技能。」

「發呆嗎？我有嗎？」我納悶地看著他。

「有啊，距離上個話題已經過了兩分鐘，然後我說什麼，妳可是都沒聽見喔。」

我尷尬地笑了一下，抓抓頭，「真的喔……對不起，你說什麼？」

「我說，校隊經理提過，接近期末的時候有場大比賽，記得來幫我加油。」

「所以要緊鑼密鼓訓練了？」

「嗯，那天才跟大家集體訓話。」

「你又要忙學生會，又要忙球隊，這樣可以嗎？」

他想了想，「可以啦。」

「別累壞了。」

「所以，我們校隊進入冠軍賽的那天，妳要來加油喔。」

「這麼有把握？」

「是。」

「加油的理由是？」我反問。

「幫最要好的同學以及學校校隊加油。」

我抿抿嘴，「我考慮。」

「妳和巧鈴一起來的話，我就直接拿冠軍給妳們看。」

「考慮。」我重複。

「不用考慮了。」他哈哈地笑了，「親衛隊的專屬位置可是要先卡位的。」

「好啦，我盡量。」我翻了白眼。

「欸，我還以為逛夜市那天，我們已經成為最佳戰友了，歃血為盟的感情怎麼這麼薄弱？」

「好啦。」我皺皺鼻子，「如果真的打進了冠軍賽，我絕對到場幫你加油的。」

「一言為定！」他比了個打勾勾的手勢，在我眼前晃呀晃。

「一言為定。」我和他打了個勾勾。

「那妳覺得我和王易翔，誰可能比較厲害？」

我皺皺眉頭，好不容易暫時把王易翔和玉靈學姊合照的畫面從腦海中趕走，林聿飛又莫名其妙地提起，「我不知道。」

「猜猜看嘛。」

我嘆了一口氣，「比桌球的話，他一定厲害，比籃球的話，就是你比較強，這種問題還需要問？」

「說不定我打起桌球也贏他。」他聳聳肩。

「是有這個可能，但是學有專精啊，你贏他的話，那結果不就太奇怪了嗎？」

「這麼說沒錯，但是，每件事情都有例外，就像愛情。」

沒料到他會突然提到「愛情」，我有些驚訝，「愛情？」

「是啊，愛情比這些事情更有例外的時候。」

我笑了一下，看著他，「林聿飛，你也說得太像愛情專家了。」

「我說實在話囉……」

「是嗎？」

「打個比方，就像妳好了，妳喜歡王易翔，我喜歡妳，儘管現在妳眼裡只有王易翔，但不代表以後不會有我。」林聿飛笑嘻嘻地說。

「這比喻很爛。」我狠狠地瞪了他一眼。

「我倒覺得很貼切。」一樣笑嘻嘻的，但他的笑容並不討人厭，「說不定哪一天，這個比喻成眞了。」

「眞的是很爛的比喻耶。」我重申。

「說不定哪一天，妳終於發現我的好，然後喜歡上我，眼裡就都是我了。」

我搖搖頭，「應該不會有什麼『說不定哪一天』，還有什麼喜歡上你……」

「怎樣？」

我急忙揮了揮手，「我們別再討論不可能發生的事。畢竟，你也不可能喜歡我，所以我們別說了。」

「那麼，我喜歡妳的話，妳就有可能喜歡我嗎？」走在女宿旁的斜坡，他突然停住腳步。

「哈！」我踮起腳尖，假裝認眞地研究著他，「鼻子是鼻子，眼睛是眼睛，嘴巴是嘴巴，原則上算是個帥哥……」

「但是可惜，妳已經有喜歡的人，而且那個人是王易翔，對不對？」他眨了眨他的左眼，自顧自地幫我把話說完。

我驚訝地看著他，這才想起剛剛確實已經提到有關我喜歡王易翔的事，我卻沒有發現什麼。

「超明顯的，只要稍微留意，就看得出來。」

「真的喔？」

「繼續這麼樣下去的話，其他人應該也會看出來。」

「是喔……」深深地呼了一口氣，突然因爲他的話而緊張起來。

「喜歡就喜歡，又不是什麼大不了的事。」

我想起坐在後面的女同學講的話，還有玉靈學姊說的那道牆，「但是喜歡這種事情，我覺得只要自己以及當事人知道就好。」

「這話我同意，但是如果要喜歡一個搶手的風雲人物，這就有點難。」林聿飛沉默了幾秒，不像先前那樣開玩笑的態度，「除非在一開始，妳就決定站在遠遠的地方看著他，不然肯定會有一大堆眼睛盯著妳。」

我點點頭，思忖著林聿飛的話。

「話說回來，喜歡王易翔，對手很多喔。」他又笑了。

我苦笑了一下，「從以前就不少了。」

「嗯嗯。」林聿飛聳聳肩，「這種感覺我懂，因爲本人也是很受歡迎的。」

我白了他一眼，「對，受歡迎哥。」

「知道就好。」他笑著，「所以妳加入學生會也是爲了他？」

看著他，我突然有點驚訝，沒想到自己竟然會跟一個認識不久的男孩談論王易翔。

我又往前走了幾步，朝向隨著我往前走了幾步的林聿飛說：「說出來，你一定覺得很可笑。」

「嗯？」

「不只是因爲他才加入學生會，」我看著認眞聽我說話的他，「就連進入這所大學，都是因爲想見到他。」

林聿飛的表情很訝異，好像聽到我說了什麼不可思議的話一樣。

我苦笑了一下，「好了，我該進去囉。」

「嗯，書給妳。」

「謝謝。」我接過他手上的書，正想走進宿舍大門，竟然瞥見旁邊的柱子前，有一個熟悉的身影。

不會吧？不會是他吧！

我吸了一口氣，轉頭過去時，終於確定那個人就是王易翔，而玉靈學姊以及三個新成員也站在那裡，正好看見林聿飛和我。

開完了小組會議，接著還有全體學生會夥伴的會議，主要是確認各組這兩個月期間必須完成的任務目標，並且針對下個月的校慶，學生會將安排的活動進行討論。各組必須完成的目標已經不容易，學生會在校慶時必須提出的活動更是難上一百倍。

加入了學生會之後的大學生活，果然過得非常忙碌。大一的通識課、必修課全部都擠在一起不打緊，加上每一科都有兩三個大小報告，讓我覺得這樣的大學生活和我原本所期待的完全不同。

每次，在準備報告忙得昏天暗地時，就會自問爲什麼當初要堅持加入學生會。一想到現在已經忙得沒完沒了，之後進入正式工作任務，應該會整個舉手投降，我心裡就有千千萬萬的後悔。

但是，每當心生放棄的念頭，王易翔的臉就會出現在我的腦海，趕跑我心中想放棄的沒用想法，接著告訴自己一定要努力，因爲學生會是最能靠近王易翔的地方。

畢竟要是連學生會這個機會都失去了，一定會離王易翔愈來愈遠，最後變成平行線，維持一定的疏遠距離。

儘管現在我並不覺得自己和他有多麼靠近。

我抱著沉甸甸的資料夾，從行政大樓要走回宿舍。途中，被一個女生的聲音叫住。

「莫默！」

我轉身，原來叫我的人是玉靈學姊，旁邊還有兩位學姊也走在一起，「學姊。」

「這還有一份資料要交給妳。」玉靈學姊帶著微笑把資料遞過來。

「謝謝學姊，這是什麼資料？」我看著玉靈學姊臉上的微笑，突然覺得事情好像不是那麼單純。

「妳記不記得老師提過一些話？」

我搖搖頭，「哪些話？」

「他說新夥伴要多多磨練，這樣以後遇到再大的困難也別怕了。」

「嗯。」我思考了一下，這句話確實是指導老師常掛在嘴邊的。

「活動組有一些廠商名單，剛剛妳和那個誰，不是分配到要負責第一組名單上的廠商？」

「喔，珮琪。」

「另外要補充這些，這些也算是你們第一組的名單。之前這些老闆可能有些堅持，我在想，這次可以去說服看看。」

我看了一眼手上的資料，因爲東西太多，我沒辦法打開來看個清楚，「喔……」

「因爲這學期有擴大舉辦的校慶，所以，能多拉點贊助廠商是好的。」玉靈學姊笑著，「增加同學的出席率也是很重要的。」

「好，謝謝學姊。」

「那就這樣，」玉靈學姊聳聳肩，「有什麼問題隨時回報。」

「好。」看著轉身離去的學姊，對於多了新工作這件事，稍稍有點苦惱。

嘆了一口氣，我走往宿舍的方向，才沒踏出三步，有個大男孩像驚喜一般地出現在我面前。出場的方式就像送禮物的小丑一樣跳出來，只差沒有化妝、也沒有穿上色彩繽紛的小丑裝。

「嚇我一跳。」我拍拍胸口。

「對於迎面送來的飲料，不是應該感到驚喜嗎？」

我看了他一眼，指著掉在人行道上的幾本資料夾，「這算是驚喜嗎？」

他笑嘻嘻地將手上的兩杯飲料遞給我，「這個妳拿，其他的我來就好。」

「嗯……」我接過飲料，他快速地撿起地上的資料夾，以及三張不小心散落在地上的資料。

「妳看，兩三下的功夫而已。」他挑了挑眉。

「謝謝。」

「怎麼一開完會就走了，不等我啊？」

「喔，」我苦笑了一下，會議結束後，我確實沒有想到是不是該和誰結伴同行，「我以為你已經走了，沒注意到。」

他一樣挑了挑眉，「那王易翔呢？他走了沒？」

覺得他的問題莫名其妙，但我還是搖搖頭，「還沒吧，好像正在和副會長討論東西的樣子。」

「看，太不公平了，眼裡只有王易翔啊，我們都是螞蟻。」

我白了他一眼，噗哧地笑了，「螞蟻？這什麼理論？」
「哈，林聿飛的失戀理論。」
「很無聊耶。」我又白了他一眼。
「對了，這資料會不會太多啊？又這麼重……」他邊說，邊拉著我坐到一旁的白色涼椅上。
「啊？」
「喝飲料。」他覺得納悶，「剛剛梁玉靈幹嘛又拿一本資料夾給妳？」
我吸了一口飲品，溫溫甜甜的珍奶，喝起來很不錯，「追加的工作。」
「追加的工作？」他將資料夾放在一旁，一副一定要問清楚的樣子，「她推給妳的喔？」
「也不算，就是之前曾拒絕過贊助的廠商名單，玉靈學姊希望能夠去拜訪看看，就算不想長期贊助，也可以贊助校慶這樣。」
「妳答應了？」
「只能答應啊。」我聳聳肩，「我還想繼續在學生會裡。」
「不合理的可以拒絕，我去幫妳說。」
「不用啦。」我苦笑了一下，「既然答應了，我會想辦法做好。」
他隨手翻翻資料夾，「名單不少耶。」

「沒關係，就做吧。」

「我的老天啊！莫默，妳難道不知道她是把不想做的事情推給妳嗎？」

我嘆了一口氣，「當然知道，我還知道她是想把難做的工作丟給我，完成了，活動組剛好解決了一件難題，沒完成……就能順理成章說成是我的問題了。」

「妳知道還答應？」

我笑了一下，「我不想被看輕。」

「不過說也奇怪，她有必要處處找妳麻煩嗎？」林聿飛露出疑惑的表情，他指的是這幾次開會時，玉靈學姊對於我的提議持反對意見不打緊，就連一些工作都直接指定要我負責。

「因爲我人緣不好。」我邊說邊笑。

「最好是這樣。」

我吐了一口氣，思考應該怎麼把這樣的狀況說清楚，「老實說，她會這樣對我，應該是因爲我和王易翔之間的關係。尤其那天在宿舍門口，被她聽到我對王易翔的感情，當然就被討厭了。」我苦笑了一下，「是我被討厭，你幹嘛看起來怎麼比我還擔心？」

「當然擔心。」他抿抿嘴。

「放心啦，我覺得我或許有能力完成。」

「有自信是好事。」他看了手上的資料一眼，往後翻了幾頁，「這些廠商都要去？」

「盡量，我也想證明自己。」我吐了一口氣，「也要證明給王易翔看，讓他知道看不起我是不應該的。」

「又是王易翔。」他抿抿嘴，一副不置可否的表情。

「很討厭對不對？」我問他。

「滿討厭的，王易翔那傢伙，光是看不起妳，對妳總是用那種討厭的態度……」

「不是。我不是說他討厭。」我打斷了林聿飛的話。

「所以是什麼？」

「哈，我說的，是一直看著他、注視著他、關心他，整個生活只有王易翔的莫默很討厭。」

「這個，倒是令人滿不喜歡的。」

「我好沒用。」

「妳可以讓自己變得有用一點。」他點點頭，意有所指。

「太難了。」我吸了一口飲料，「你要是知道從什麼時候開始，我的眼中就只有王易翔的時候，你就知道這件事有多難。」

「不試試看，怎麼知道？」

「就是因爲試過了，才知道很難。」

他點點頭，算是妥協了，好像不想再針對這個話題說些什麼。

我站起身，「好啦，先這樣吧，晚點我還想研究一下這些資料。」

「嗯，記得，如果需要我，尤其是單獨拜訪廠商的時候，一定要叫我。」他聳聳肩，挑著眉，「如果哪一天，需要我幫妳教訓王易翔，我也很樂意。」

「知道了。謝謝你爲我好，也謝謝你的同學愛。」我聳聳肩，林聿飛也站起身。

「這位大嬸，我看妳是誤會了。」他聳聳肩，挑著眉。

「什麼？」我皺著眉頭看了他一眼。

「拜訪廠商是爲妳好沒錯，但是教訓王易翔，是爲了我自己。」

「什麼意思？」

「因爲這樣，才有可能讓妳看見我。」

聽他說得很認眞，刹那間有一種信以爲眞的奇怪感覺。但是當我看見他笑嘻嘻的臉，我的理智才告訴自己，慶幸還好沒有上當，「又亂開玩笑了，差點就當眞了。」

「喂！這麼說也太沒禮貌了。」

我踮起腳尖，瞇起了眼，「你的眼睛已經透露出訊息了。」

「最好是。」他嘆了一口氣，「就算有什麼，也不是妳想的那樣。」

「不然是怎樣？」

他攤攤手，「沒怎樣。」

「好啦，那我眞的要回去了，繼續跟你打屁聊天，我就來不及研究這些資料了。」

「嗯，走了。」

在我尚未開始研究這一大疊廠商資料，巧鈴已經做了大概的了解工作。我沖泡好了一杯三合一咖啡走到書桌前，看見她無比認眞地翻閱書桌上的資料，接著誇張地皺皺眉，「這到底要在什麼期限內完成啊？」

「盡快吧。」我坐下來，喝了一口熱騰騰還冒著白煙的咖啡，「能夠拉到贊助是最好的，不願意當我們學校長期的贊助廠商，至少退而求其次讓他們贊助校慶。」

「這樣說是沒錯，但感覺就妳一個人的工作。」

「沒有，活動組的成員兩個人一組，大家都必須出去。」

巧鈴不以爲然地指著桌上的資料，「眞的假的啦？但這分量有點多耶。」

我苦笑了一下，「原本是這一本，會議結束前，已經先跟另一個搭檔說好了，學校附近的商店街、後門商店街，我們分頭進行，因爲比較熟。」

「其他的呢？」巧鈴臉上依然是不以爲然的表情。

「其他的，我們約了這個週和下個週一次跑完。」

「那這個？」巧鈴繼續追問。

「這是後來活動組組長交代給我的。」我吹吹氣，又喝了一口咖啡。

「妳說那個對妳不太友善的學姊？」

「對啊。」

「幹嘛不拒絕？」

「找什麼藉口都很牽強，不是嗎？」我無奈地說：「林聿飛也這麼問我。唉唷，反正我知道應該可以拒絕看看，但我就是不想拒絕，我想證明別人失敗過的，我不見得會失敗就是了。」

「證明給王易翔看？」

我看了巧鈴一眼，發現她眞的很了解我。「嗯，我也想證明給自己看。」

「幹嘛把自己弄得這麼累？實在是，好令人生氣耶。」

我聳聳肩，「我想留在學生會。」

「但不代表要接受不公平的待遇。」

我看著比我還不高興的巧鈴，「唉唷，去做就對了，至少試試看。我會看情況啦，我又不是笨蛋。」

「很搞不懂。」

「我也搞不懂，但我搞不懂的不是爲什麼我要答應玉靈學姊，我搞不懂自己對王易翔那莫名其妙的堅持。」

「嗯，難怪人說『愛到卡慘死』。」

「沒那麼誇張。」我看著放在桌曆旁的小熊吊飾鑰匙圈，拿到面前。雖然盡可能地保存，表面仍站染了灰塵。「這個小熊，愈看愈可愛。」

「喔，對，一直很想問妳，妳對這吊飾這麼愛惜，莫非也和王易翔有關？」

我笑了一下，把小熊鑰匙圈別在背包的拉鍊上，神祕地按了一下小熊的肚子，原本預計應該會發出聲音的，但連按了兩次都沒有播放出錄音檔。

怎麼會？上個星期還可以的。

「怎麼了？」

「本來會發出聲音的。」我不死心地用力戳了一下小熊。

「笑聲？」巧鈴一臉疑惑，她以爲是那種逗人開心的笑聲玩偶。

「這是高中時候做的鑰匙圈，裡面本來有告白語音的。」我依然不相信地按了兩下，「故障了。」

「告白語音？」

我不好意思地笑了一下，指著桌上的兩張拼貼過的電影票，「跟這兩張電影票一起，是還沒告白就夭折的暗戀。」

「妳錄了什麼？」看來引起巧鈴對告白內容很好奇。

「不能錄很長，只有短短一兩句話。」

「所以？」

「就大概是說『王易翔，我喜歡你，眞的很喜歡』。」

「也太可惜了。」

「當時的確這麼覺得，現在反倒覺得還好。」我聳聳肩，「也許因爲沒有告白，現在我才能以這樣的姿態加入學生會。」我笑了一下，「不然，我大概完全不知道要怎麼對他了。」

「嗯……」巧鈴倒是沒有說話，只是點點頭，盯著被我玩弄著的小熊鑰匙圈幾秒，然後看看我，又再看了看鑰匙圈。

「幹嘛？」

「沒啦，看妳這樣，很想衝去打醒王易翔而已。」巧鈴嘟嘟嘴，「我能理解像他這種天菜有多吸引人，老實說，我也滿欣賞他的。可是他對妳這樣，我開始猶豫是不是應該勸妳放棄。」

我又笑了，看著眼前說得很認眞、嚴肅的巧鈴，「我不會放棄的，除非哪一天我的心死了。」

「暗戀最討厭了。」巧鈴一副經驗老道的樣子。

我挑起眉，「嗯，那之前是誰說青梅竹馬的題材是她的菜？」

「話不是這樣說，自從國中暗戀了兩年的學長竟然跟我最要好的同學在一起，我就決定再也不隨便暗戀別人。眞的喜歡的話，我一定立刻告白。」巧鈴抿抿嘴，「就算苦等了一百年，最後也不見得是妳的。」

聽了巧鈴的話，我認同地點點頭，因爲愛情這種事誰先來、誰後到，完全說不準。

「知道就好，所以就算妳在王易翔身邊久了，他也未必會是妳的。」

我再次點點頭，「嗯。」

「竟然輕易同意了我的說法。」

「我完全同意啊，也知道或許有一天，我還必須含著眼淚帶著微笑祝福他。」

「對了，突然想到，那天班上那個誰問我……」

「問什麼？」

「一時想不起是誰問的，反正，就是問我林聿飛是不是在追妳。」

「林聿飛？」喝了一口咖啡的我，驚訝得差點嗆到，咳了好幾下。

巧鈴拍拍我的背，「妳還好吧？」

「怎麼這麼問？」

巧鈴聳聳肩，「不知道，可能覺得你們好像特別聊得來。」

我思考了幾秒，想想自己和林聿飛大概是因爲一起加入學生會，眞的特別有話講，

「大概是因爲加入學生會的關係啦。」

巧鈴賊賊地笑了，「所以，是有曖昧的情愫嗎？」

「沒有，那是患難與共的友情。」

「這種患難與共的友情，往往特別容易昇華。」

「昇華？」我白了巧鈴一眼。這時她的手機訊息聲突然響起，她拿起手機迅速回傳。

「對，下次再來好好聊聊關於昇華這件事。」她站起身，抓起一旁的外套穿在身上，「他要來找我了，我先出去。」

我看了一眼桌上的鬧鐘，八點半了。「今晚外宿？」

「看情況吧。」

「注意安全，那我邊研究資料邊等妳囉。」

因爲之前的廠商紀錄有些雜亂，大致瀏覽之後，我決定先重新分類。雖然花了一些時間，但整理過後，比較知道該從哪裡先開始。我甚至還發現，我們這一組分配到的，大概都是之前就合作過的廠商，現在只要再確認是不是繼續提供贊助即可。其餘新成立的店家算一算不到十間，仔細看看，眞正複雜難應付的，是玉靈學姊後來交給我的那份清單。

正準備打開電腦，想做個簡單的表格把這些廠商記錄下來，順便查查玉靈學姊資料裡的店家位置以及評價之類。就在這個時候，手機突然響起。我從背包裡翻找了一會兒，終於抓到手機，手機鈴聲以及震動也恰好停了下來。

心裡認為肯定是巧鈴又忘了帶鑰匙之類的。但是當我看著手機確認來電者，手機螢幕顯示的是一串不認識的號碼，猶豫著該不該回撥，手機又響了起來。

「喂？」不知道來電者是誰，我小聲地說。

「在宿舍嗎？」電話那頭的聲音低沉好聽，而且很熟悉。

「嗯，對。」聽見是王易翔的聲音，我實在覺得好奇又納悶。

「穿件外套，下樓吧。」

「啊？」我皺皺眉，懷疑自己聽錯了什麼。

「我在宿舍門口等妳。」

「喔，等等見。」邊說，我邊站起身，把資料蓋上。準備掛電話時，對方又開口說話了。

「小默，忘了提醒，資料一起帶下樓。」

我狐疑地看了桌上的廠商資料一眼，「廠商資料？」

「對。」

因為校內的商店已經沒有座位了，最後我跟著王易翔走出校門，來到學校附近的便利商店。

一走進便利商店，他帶我走到最內側靠牆且看得到外面的位置，然後要我坐下，自己則走到冰箱以及熱飲區各拿了一瓶飲料。到櫃檯結帳之後，還跟櫃台工讀生聊了幾句，才又走回座位，在我對面面座位坐了下來。

「謝謝。」他貼心地拉開瓶蓋，幫我放上吸管，將熱巧克力遞到我面前。

他喝了一口自己的飲料，看了一眼桌上的東西，「哪些是玉靈拿給妳的？」

「玉靈學姊……」我抽出放在下面的資料，「這本。」

他把飲料放在一旁，拿起那本資料，隨意翻閱瀏覽了一下，然後又翻回第一頁，認眞地研究起表格上一個一個的廠商名稱與介紹。

我坐在他面前，握著溫暖的飲料瓶身，一連吸了好幾口甜甜的熱巧克力，然後看著王易翔認眞地研究資料的樣子，想起從前他威脅我一起去圖書館讀書的回憶。

「需要筆電嗎？」

「你有帶嗎？」因爲不好意思，我急著移開目光，假裝翻閱另一本資料。

他從背包裡拿出筆電，很快地開好了機，推到我前面，「需要就用吧。」

「謝謝。」我立刻開了一個文件檔，開始研究桌上的另一本資料。他這麼認眞，我也不能偷懶。我在檔案中建立簡單的表格，把廠商名稱一一打進去。

他看了我一眼，又移動筆電看了一眼，「表格這樣一目了然，很不錯。」

「資料太多，整理一下比較清楚。可是我很好奇，學生會難道沒有建立完成的表格檔案？」

「有啦，上學期忘了誰在整理資料的時候電腦中毒了，最後救不回來。」他無奈地笑了，「後來因爲忙其他的事情，一直把重新建檔的工作延宕著。」

「喔……」我看著他臉上淡淡的表情，「那這次把檔案做好，以後的學弟妹就可以繼續沿用了。」

「你打？」

「對。」他呼了一口氣，拿起筆電放在自己面前，「妳的資料給我，我來打。」

他自顧自地拿了我手邊的資料，又把他的資料放在我面前，「妳研究一下，剛剛把順序調換了。」

「爲什麼調換？」我疑惑著。

「原本的廠商，妳先和妳的搭檔去拜訪吧。」

「好，那這個呢？」我指著玉靈學姊交代的那一份清單。

「我可以幫妳退回去給她，但我知道妳不會想要我這麼做。」他看著我，低沉的聲音很好聽。

「我相信我可以完成。」我很慶幸他沒有堅持要把清單還給玉靈學姊。

「很有自信。」

我抿抿嘴。

「剛剛挑的順序，不要隨便更動。」

「爲什麼？」

「玉靈的這一本，前面三個可以找妳搭檔去……」他翻到下一頁，把第四個的欄位用螢光筆註記，「但從這第四個開始，要聯絡的時候，找我一起。」

「什麼？」

「這些難搞的，我陪妳一起去。」

心想也許這些廠商眞的很難搞，不然爲什麼王易翔會特別點名呢？

「好。」

「一定要告訴我。」

「嗯，或許我也可以跟搭檔一起，或者……」

「告訴我就是了。」他連看都沒看我，「尤其是這家。」

「喔。」我沒有繼續說，本想告訴他，林聿飛也說可以陪我去。

「對了，剛剛撥給妳的，是我另一支手機號碼，號碼存一下。」

「好。」沒料到他會說這個，我沒想太多就答應了他，也立刻拿出手機，將剛剛的號碼設定好。

「有什麼問題，務必告訴我。」

「好。」

大概是看我沒有遲疑，他又繼續在黑色的筆電鍵盤上打字，答答答的動作很快，很有效率的樣子。

後來我們沒有說半句話，但其實我趁著他不注意時，瞄了他幾眼，直到我眞的忍不住打了一個大呵欠，他抬起頭看我，「累了？」

「有一點。」我擦擦眼角，打呵欠不小心微微地流了淚。

「我快打好了，妳先趴一下，等一下陪妳回宿舍。」

「喔，沒關係。」我突然覺得難為情，明明應該是我的工作，現在卻變成他在忙碌、我在打呵欠。想到這裡，我實在不好意思趴下，只好強打精神，假裝還很有活力的樣子，「我繼續做一下紀錄。」

「不敢相信，你早早離開我乾爹的聚餐，竟然跑到這裡來幫莫默做這些。」是學姊的聲音！確認了來的人是玉靈學姊時，我才發現自己竟然趴在桌上睡著了，眞糟糕。

我故意挪了一下，換個方向趴著。我不是刻意想偷聽玉靈學姊和王易翔的對話，但是我的直覺告訴自己，此刻還是裝睡比較好，以免陷入尷尬的窘境裡。

「當時說自由活動了，想想沒什麼事情，為什麼非要待到最後？」王易翔嘆了一口氣，語氣上平鋪直敘的，沒有什麼起伏。

「就算這樣，陪大家久一點會怎樣？何況竟然是爲了幫她弄廠商資料這種無聊事先離開。」玉靈學姊的語氣變得更不好，還踢了桌子一下。

王易翔似乎站了起來，因爲我聽見椅子挪動的聲音，「什麼時候要離開聚會，是我的事，我也都向長輩他們報告了，他們都說沒有關係，所以我覺得沒什麼好在意的。」

「是這樣沒錯，但是幫她弄這些資料，有這麼重要嗎？」

聽著他們的劍拔弩張，我發現自己的每一條神經都綳得緊緊的，兩條腿簡直僵硬得不得了。

「那要看誰給了小默這一堆資料。」

「小默？」玉靈學姊重重地哼了一聲，語氣酸酸的，「你叫得這麼親切喔。」

「我愛怎麼稱呼誰是我的事。」他停頓了幾秒，「妳會不會覺得自己管太多了？」

「管太多的人是你，我訓練我組內的夥伴，有錯嗎？」

「如果只是訓練，有必要交派她這些任務？」

「不是，只是覺得，這些也許可以試試，多一點贊助廠商，對學校也是好事啊。」

也許因爲王易翔堅定的態度與質問，玉靈學姊的語氣緩和多了。

「就這樣吧。」

「阿翔，我只是單純想多找一些贊助廠商。」

「如果妳硬是要這麼說，那我就這麼相信了。」

「可是，你……」

「回去吧，這裡不好停車，妳要阿華哥等多久？」

「那你呢？」

「我還要一下子，如果妳再繼續耽誤，我會花更多時間。」

「嗯。」離開之前，玉靈學姊又踢了桌子一下。

接著，自動門「叮咚」的一聲響起，感覺玉靈學姊走出去一分鐘左右之後，王易翔咳了咳，「吵醒妳了？」

我揉揉眼睛，滿臉尷尬地看著王易翔，這才發現肩上披著王易翔的外套。我拿下外套，「嗯。」

「聽到了？玉靈脾氣比較直，別放在心上。」

「惹她不高興了。」我看著店門口一輛黑色的房車，後座的車窗正緩緩關上。我知道玉靈學姊上了車，其實還觀察了我們一下。

「別在意。」他看著我，又看向筆電，「快打好了。」

腦子裡還在想應該怎麼安慰他才好，沒想到看見他臉上充滿成就感的笑容。「你都打好囉？」

「嗯，回去再寄到妳信箱。記得，有『原訂的』跟『難搞的』兩種頁籤。」

我指著筆電螢幕上的檔案，「所以這個頁籤是正規的，另一個頁籤是難搞的？」

「可以這麼說。」

覺得好笑，但因爲玉靈學姊的關係，我其實笑不出來，「那我要小心，都已經是難搞的廠商，還被發現的話，可能就變成拒絕往來戶了，我要爲下屆的學弟學妹設想。」

他將檔案存在桌面，關掉筆電，「現在都自身難保了，還要造福學弟妹？妳先想想自己是不是還能繼續下去吧。」

「我可以的，爲什麼你總認爲我會放棄？」我沒有掩飾我的不滿，因爲這個話題，已經講過很多次了。不過，他此刻的表情與語氣，沒有之前那樣犀利。

「光是進入活動組的第一個工作就這麼棘手了，往後還有多少棘手的工作？別說妳了，也許連我也無法預測。」

「我會把工作做好的。」我緊握著拳，不甘示弱，「不管是普通的，或是棘手的。」

「我不可能每一次都正好知道妳又多了什麼棘手的工作，還正好有空幫妳。」

「就算你不知道，我也會努力完成。」我聳聳肩，「硬著頭皮。」

他看著我，笑了一下，但這個笑一點也不溫暖，「就這麼想留著？爲什麼？」

「因爲……等等。」我突然想到門禁的問題，「現在幾點了？」

「十點半。」

「快要到門禁時間了。」我把資料夾疊好，穿上自己的薄外套，將王易翔的外套遞給他，「我要跑回去才來得及。」

「我陪妳吧。」他站起身，背起他的背包，拿起桌上的兩大本資料。

「好累。」我喘著氣，雙手壓在膝蓋上，看著和我一樣一路快跑，卻一派輕鬆的王易翔。

「退步了。」他看了我一眼，順手拍了我的額頭一下。

我站直身子，還是大口地呼著氣。沒想到他會像從前那樣拍我的額頭，覺得非常驚訝，「坦白說，最近很少運動。」

「看得出來。」

我苦笑了一下，本想說什麼的，又把話吞了回去，「太懶了。」

「怎麼了？怎麼欲言又止？」

沒料到他竟然連這都察覺到了。我呼了一大口氣，「沒，只是想到以前懶得跑步，還會被你叫起床去運動。那時我總是心不甘情不願，沒想到跑久了，好像也滿喜歡、滿習慣的，後來反而……」

「反而怎樣？」

我吞了吞口水，呼了一口氣，「反而覺得蠻懷念的。」

他點點頭，「爲了鼓勵妳運動，用請妳吃早餐來吸引妳，花了我不少錢。」

我皺皺鼻子，「對不起。」

「幹嘛這樣？妳不是會把這個玩笑當眞的人。」

我看了他一眼，把目光移向別處，想著他的話，「就像看流星的那天你說的話吧，有些事情已經改變了。」

「對，是會變的。」他點點頭，臉上的線條好像又繃緊了些，「舍監再催促了，快點進去吧。」

「嗯，謝謝你。」

「怎麼了？」

「晚安。」他揮揮手，在我轉身走了幾步，他叫住了我。

「資料。」他微微笑了一下，把手上一大疊的資料遞給我。

「差點忘了，謝謝。」道謝之後，我轉身往宿舍大門走去。舍監關上大門那一刻，我再次轉身看著他，心裡有一個奇怪的衝動，有些話想直接告訴他。

我看著站在宿舍大門外的熟悉身影，猶豫是否應該對他說出心裡最想告訴他的話。

他挑了挑眉毛，用大大的唇語問我，「還忘了什麼？」

我十分猶豫自己接下來該怎麼做，最後我搖搖頭，也用唇語回應了他「晚安」。

他疑惑地看著我，比出了「再通電話」的手勢，然後從牛仔褲口袋拿出手機晃了晃，直到我的手機鈴聲響起……

我將手上的資料放在一旁交誼廳的櫥櫃上，趕緊拿出來手機，「喂？」

「剛剛忘了說，晚點寄資料給妳，記得收信。」

「好，沒關係的。」我看著玻璃門外的他，「今天應該也沒力氣繼續奮鬥了。」

「也好，早點休息。」他也面對隔著一扇門的我，「所以，剛剛想說什麼？」

我吸了一口氣，看著他那張好看的臉，發現愈猶豫，心就跳得愈快，「沒什麼重要的，只是覺得，好久沒有這樣和你相處了。就只是想說這個而已。我先上樓了。」

「晚安。」

「晚安。」我再次揮揮手，往宿舍裡頭走去。前進了幾步，我再次停下來，「其實……」我嚥了一口口水，緊握著拳，猶豫到底要不要把這些話說出口。說了，只怕會破壞了今晚的一切互動，不說，我怕會整晚失眠。但是，我究竟該不該說？

我吸了一大口氣，咬著下唇，小心翼翼開口，「今天很謝謝你。也許這只不過是身爲學生會會長，在知道夥伴遭受不公平對待時的協助，與你是王易翔、我是莫默無關，但還是謝謝。」

「不要這麼客氣。」

撲通撲通的，我的心臟似乎快要跳出來。我又用力地吸一口氣，然後轉身，背對著玻璃門外的他，「還有……」

「幹嘛背對著？」

「因爲現在要講的話，我不太敢看著你說。」我嚥了嚥口水，「大概是因爲今天的你很溫柔，就像以前一樣，所以想趁著現在告訴你。但無論我接下來要說什麼，都希望不會造成你的困擾。」

「嗯。」

「就是，其實……」我失控的心跳配合著我的緊張，「你的手受傷那天，呃，我是指我約你去看電影的那天，記得嗎？」

「當然。」

我緊握拳頭，內心的掙扎愈來愈強烈，「其實……當時的我，是想要告訴你，我眞的……」

「小默。」他打斷了我的話。

「嗯？」

「不要說，好不好？」

聽完，我撲通撲通的心跳漏了一拍，閃過一種強烈的失落，「不，我要說。兩年了，這個祕密藏在我的心裡，已經快要爆炸了。」

「小默。」

「我不知道你是不是正和誰交往，但是，今天我一定要把藏在心底好久的祕密說出口，我喜歡你，從以前到現在一直都很喜歡你。」我擦掉忍不住落下的眼淚。

「我們之間，並不適合提這些。」

眼眶熱熱的，我吸了吸鼻子，盡可能不讓王易翔聽出什麼，「不適合，是不是因爲那件事？」

「對，與妳親近一點，那件事情就愈提醒我不該靠近妳。我不知道妳懂不懂那種感覺，能不能體會。那就像是一個永遠無法癒合的傷口，妳每一次出現，就像在傷口上撒一次鹽。」

因爲不敢正視他的關係，所以始終背對著他，淚水早已奪眶而出的我，猜想著他臉上的表情是不是和我一樣痛苦。

「我說得很清楚了。」

「那件事情，究竟是怎麼樣？」我吸吸鼻子，說話的聲音顫抖著。果然就跟玉靈學姊說的一樣，那是多麼堅不可摧的牆啊。

「我先走了。」

「王易翔……」

「如果眞相殘酷得讓人失望，又爲什麼想知道？」

完全沒有心思再去理會那堆資料。回到宿舍，看見巧鈴留了紙條說今天要外宿，於是把資料丟在書桌上，就在床上坐著，以一種無力的姿態靠著牆，讓哽在喉間與胸口之間的酸楚，化做一顆又一顆眼淚，不斷往下掉。

「如果真相殘酷得讓人失望，又爲什麼想知道？」王易翔的話反覆出現在我的腦海。當心情好不容易平復了些，一想到王易翔低沉嗓音說的這句話，就忍不住又掉下眼淚。

就這樣哭了好久，用掉了半包抽取式衛生紙。

直到情緒平靜了一點，思緒拉回現實，看了看鬧鐘，才發現自己竟然整整哭了一個小時。

爲什麼哭了一個小時心裡還是這麼難過？爲什麼難過的情緒沒有隨著眼淚消散，反而更加蔓延呢？

我躺著，盯著上鋪的床板，想想這也不難了解。畢竟喜歡王易翔這麼深刻、這麼久，種在心裡根深柢固，絕對不會是哭個一小時就能夠釋懷的。

只是，我自以爲夠勇敢，在腦海裡預演過無數次的告白畫面，這些練習，並沒有在今天派上用場，就連告白的時機，對我來說都顯得突然。儘管和他有一大段的空白，甚至在前陣子針鋒相對時，也覺得告白並不會這麼難。我以為可以輕鬆面對，即使他回答「我不喜歡妳」，也可以表現得勇敢瀟灑對他一個漂亮自信地微笑。

但今晚發生的一切，沒有一個細節按照自己腦海裡預演的情況進行。就連告白也要隔著一扇玻璃門，甚至不敢正面看他，只敢背對著他，才能說出自己的心情。

然後，現在的我，不但笑不出來，還一個人躲在宿舍裡哭了這麼久。

一點也沒有瀟灑，一點也沒有輕鬆自然，別說一個漂亮自信的微笑，連個苦笑都沒辦法擠出來。

拉上棉被，讓自己藏在被窩裡。沒想到很少後悔的我，此刻卻愈來愈懊悔，覺得自己根本莫名其妙。在把「我喜歡你」這幾個字說出來前，就直接被狠狠地拒絕，完完全全搞砸了原本很美好的晚上，破壞了和王易翔之間難得又短暫的和平。

被滿滿的後悔與難過吞噬時，隱隱約約的，我似乎聽到了手機鈴聲，雀躍的旋律像是為我的難過狠狠地補了一槍。

「喂？」雖然只是一個單字，我卻發現我的鼻音很重。

「莫默。」

「林聿飛？」聽見話筒傳來林聿飛的聲音，我咳了咳，想掩飾一下濃濃的鼻音。

「睡了嗎？」電話那頭聲音輕輕的。

「嗯……還沒有。」

「怎麼聲音怪怪的啊？」他果然還是發現了。

「哈，有嗎？」我清清喉嚨，轉身從棉被裡探出頭。

「不會是在哭吧？」

我故意地哈哈笑了兩聲，「沒啦，幹嘛哭？」

「那鼻音也太重了，還是不舒服？」

「沒有。」我思考該用什麼藉口，「可能是因爲躺著吧，有點鼻塞。怎麼了？有事嗎？」

「倒是沒什麼事情，不過硬要找個理由才能打電話給妳的話，我現在就可以隨便說一個。」

我哼了一聲，「所以呢？」

「我是要再次強調，拜訪廠商的時候，別客氣，可以找我一起。」他的聲音突然認眞，「只要有空，我都可以陪妳。」

「嗯，謝謝你。」我有點感動，不過隨即想起在便利商店時，王易翔也說過一樣的話。

「妳和妳的搭檔工作分配好了沒？」

「稍早的時候傳訊息討論過了。」我停頓一下，「珮琪人很好，她說我分好就直接傳給她，她也給我她的課表，之後再約就可以了。」

「遇到好的搭檔是很重要也很開心的事。」

「我也覺得。」

「反正，我也算是妳的搭檔，記得她沒空的時候，要叫我。」

「會的。」我簡短地回答，不想繼續這個話題。因爲我會想起王易翔說要幫忙時，臉上溫柔體貼的表情，以及說話的語氣。

但是，莫名其妙的我竟然破壞了氣氛，使得一切都很完美的夜晚連個漂亮的句點都沒有，龐大的懊悔又湧上心頭。

我盡量不著痕跡地又吸了吸鼻子，故意發出打呵欠的聲音，「有點累了，有什麼話，明天再說？」

「妳幹嘛急著打發我？」

我咬著下唇，「沒有，我是眞的累了。」

「對了，巧鈴呢？回去了沒？」

「怎麼這麼問？」很驚訝他的問題。

「所以她還沒回去囉？」

「你是在幫舍監查勤？」我邊說邊摀住手機的話筒，悄悄地吸了鼻涕。

「不是啦。」他沉默了幾秒，「妳現在是一個人在房間？」

「嗯。」

「是一個人沒錯，但不見得孤單。」我趕緊坐起身，抓了書桌上的抽取式衛生紙，小心地擦了差點流下來的鼻水。

「那好。我心情不好。」他突然冒出這樣的一句話。

「你心情不好？」

「對，非常不好，」他沉沉地說：「可以的話，可以安慰我一下嗎？」

「可是……」我不自覺地皺起了臉，沒有把話說完。

可是，我自己的心情都差到極點，怎麼安慰你？

「妳知道四樓右棟和男宿很接近的那個地方嗎？」

我想了想，「聽對面寢室的同學說過，怎麼了？」

「那我們約在那邊。」

「約在那邊？」以為聽錯了什麼，我不自覺地將音調飆得高高的。

「妳慢慢來，我等妳。」

「你在男宿？」

「我已經在這裡了。」

「在那裡了？為什麼？」我滿肚子疑惑。

「妳慢慢來就好。」

「那不就很孤單？」

「你沒有騙我吧？」

「沒有，妳來吧。」

我以為自己聽錯了什麼。

「再晚，我都會在這裡等妳。」

林聿飛說的地點，開學的第一次家族聚會上，學長、學姊聽說我們住宿舍時，就提過這個祕密基地，那是在女生宿舍的四樓，因為地形的關係，高度是對上男生宿舍三樓的位置。聽說這裡是除了宿舍門口之外，最容易看到情侶離情依依的地方，算是校園裡出了名的戀愛聖地。

聽大家在討論時，我還難為情地說我應該不會到那裡去，沒想到此刻竟然和林聿飛約在那兒見面。

我走下樓，朝著傳說中著名的戀愛聖地前進。時間已經晚了，走廊只有牆上的小壁燈亮著，微弱的燈光昏昏暗暗的，加上只有一兩個同學拿著盥洗用具走過，感覺更顯得冷清。

輕聲地走過長長的走廊，先是左轉再右轉，正在懷疑自己是不是走錯方向時，看見遠處有一個小陽台，才肯定自己沒走錯。

眞是百聞不如一見，這個小陽台和男生宿舍的小陽台很近，高一點的男生或是女生，也許稍微踮起腳尖往前伸展就可以牽到彼此的手。腦海裡出現這樣的畫面時，我突然覺得這個地方眞的很浪漫，超級適合談戀愛。

才走到走廊的另一端，就看見林聿飛站在對面的男生宿舍揮著手。當我走近陽台，剛好有一位女同學和站在男生宿舍的男朋友說了晚安，踩著輕快的步伐離開。

「以爲妳迷路了。」他笑咪咪的。

「其實差一點，而且走廊上又沒什麼人，我想我終於可以理解鬼故事或是恐怖片描述出來的場景。」我無奈地聳聳肩，盡可能用輕鬆平常的語氣說話，不想讓他察覺我的異樣。但我還是偷偷地觀察了他，看他笑咪咪的，一點也不像心情不好的樣子。

「但等一下妳還得再走一次。」他挑挑眉，指著我的後方，「這可沒辦法展現紳士風度送妳回去。」

「你放心啦。」我笑了一下，「對了，你怎麼心情不好？」

「我騙妳的，我沒有心情不好，這個先給妳！」他依然笑著，拿出一個利樂包包裝的鮮奶，「喝熱牛奶助眠。」

「熱牛奶？」

「這時候不睡覺，心情又這麼差，我想很需要這個。」

「林聿飛……」我納悶地看著他。

「原本只是單純送來給妳喝的，不過剛剛電話中聽到妳的聲音，覺得有點怪怪的。」他抿抿嘴，認眞地打量我，「現在看到妳腫得像熊貓一樣的眼睛，我就知道我沒猜錯。」

「所以你沒有心情不好？」

「因爲妳不想出來，我只好找藉口啊。希望妳別介意。」

「不會啦。」

「來，趁熱喝。」他一樣笑著，踮起腳尖，伸手將手中的熱牛奶遞給我。

我往陽台的欄杆靠近，也學他踮起腳尖，想接過他遞出的熱牛奶。只是不管怎麼往前伸手，都沒辦法碰到，「也太遠了……」

「往前一點，我也再往前。」

聽了他的話，我努力地往前，終於接到那瓶牛奶，小心翼翼地拿了過來，「你呢？喝什麼？」

他笑了笑，蹲下去拿起他的飲料，晃了晃，「萬年不變的綠茶。」

「嗯。」我看了一眼，利樂包包裝上用膠帶貼著吸管。

「隔空乾個杯吧。」

我抽下吸管，插進利樂包裝裡，學他坐在一旁，靠坐在牆邊，「乾杯。」

「應該會有助眠的效果。」

我皺皺鼻子，「謝謝你，不過，你不是住外面嗎？這麼晚了，怎麼會在這裡？」

他笑了一下，「男宿隨時都可以進出。」

我聳聳肩，「也太不公平了。」

「門禁是對女生的一種保護。」

「就是不公平。」

「哈，談論到這話題，我想我應該閉嘴比較安全。」

我微微地笑了一下。

「想想，實在有點神奇，之前聽家族學姊他們在講的時候，我以爲大學四年裡，都不會來這裡，現在竟然坐在這裡喝飲料。」

他喝了一口綠茶，「有些事情就是很妙。」

「託你的福，讓我有機會光臨這個『景點』。」

「不用客氣。」他微微側身，看著我，「但怎麼會覺得不會來這裡？」

「因爲我大概沒機會像其他的女生一樣，在這裡跟男朋友依依不捨耍浪漫。」

「爲什麼？」

「目前的我，也不可能跟其他的男生交往。」

「王易翊沒住宿舍？」

聰明的林聿飛一聽就懂我的意思。可是他一講到王易翊，我心底又閃過一絲絲失落。

「誰說一定要是王易翔，誰說一定要談戀愛才能來這裡？像現在，我們不是也很和諧地坐在這裡一起喝飲料？」

「是啦。」我看著他，苦笑了一下。

「不過，妳覺得有沒有可能……我們在這受到浪漫氣氛的影響，從此妳開始注意到我，忘了王易翔？」

「要不是距離太遠，我會飛踢過去喔。」

「我只是實話實說，戀愛聖地的氣場有時候奇妙得令人咋舌。」

我側著身，看著他，「你眞的欠打。」

他指著自己的帥臉，把臉頰弄得鼓鼓的，「這裡，可以欠著，只要妳心情好，都沒關係。」

我看著他，感動的情緒一直滿滿的，「謝謝你，人這麼好。」

「小事情。」他放下飲料，嘆了一口氣，「我原本以為，妳今天會開心得睡不著覺的。」

「什麼意思？」

「晚上要去學校對面便利商店買東西時，看到妳和王易翔。」

「那我怎麼沒看到你？」我有點驚訝，雖然我和王易翔坐在最裡面的位置，也應該不至於注意到林聿飛才對，「還是那時候我趴在桌上睡著了？」

林聿飛搖搖頭，「在外面剛停好車，從玻璃落地窗看到，我就走了。」

「那怎麼沒進來叫我？」

「不想。」

「你在彆扭什麼啊？」

「反正，我以爲妳會帶著笑意接電話的，沒想到……」

我將目光移到手上的牛奶瓶，看著「鮮乳」兩個字，我打斷了他的話，「今天向他告白了。」

「眞的假的？」

「呃……」我苦笑了一下，「反正，最後搞砸了和平的氣氛，然後我被打槍啦。」

我想笑，眼淚卻在眼眶裡打轉。

「他怎麼說？」他思考了幾秒，接著問。

「他說，我們之間不適合講喜不喜歡。」我擦掉不小心滑落在臉頰的淚。

「是因爲你們兩家的事？」

「對。」我呼了一口氣，擠出笑容，「哈，我怎麼覺得，這句話要比『我不喜歡妳』更傷人。」

聽完我的話許久，他移動了一下，朝著對面的我坐著，「莫默。」

「嗯？」我沒有看他，只是低頭看著手上那瓶牛奶，再次偷偷擦掉滑落的眼淚。

「不要這樣。」他的語氣很誠懇，「沒關係，有我在，只要妳不會嫌我煩，我會一直陪在妳身邊。」

我抬頭看著坐在對面的他，雖然感動的淚水沒有停住，還是擠出笑容，「謝謝你，這絕對是史上最貼心的安慰。」

那天之後，我和王易翔幾乎沒有什麼交集，直到最近學生會連續開了幾次會議，才又開始和王易翔有接觸。

在學生會遇到，多半都是討論學生會公事。當中和其他夥伴一起到校內餐廳吃了兩次飯，也許因爲有其他人在場，他沒有像那天在便利商店時對我這麼溫和，但也沒有像一開始的時候那麼冷漠嚴苛。

那天晚上的告白，就像沒發生過一樣。

「莫默，妳都跑得差不多了耶！」會議結束後，夥伴們陸續離開，我的搭檔珮琪翻看著我的紀錄。

「對啊，這些廠商人都很好，」我笑了一下，「妳的呢？」

「我今天下午還要去一下，應該就能跟上妳的進度了。」珮琪聲音嬌滴滴的，我常常覺得派她出馬一定所向無敵。

「需要的話，也可以分配給我喔。」我眞心地說。

「會的，那我先走了，妳呢？」

「有一些難搞的，」我小聲說，指著辦公室角落的書櫃，「今天我想把那些記錄一下。」

「有神祕檔案喔？」珮琪跟著壓低了音調，但聲音依舊很迷人。

「嗯，記錄完再走，順便打好下個星期要列出的活動方案。」

「那妳跟副會長報備過了嗎？要私下留在辦公室的事。」珮琪問。

我點點頭，「報備了，借用登記表也填了。」

「那就好。」

我笑了笑，「副會長立刻就同意了，他或是其他學長姊晚上有空會過來關門，妳先走吧，加油。」

「互相加油喔。」

「加油。」我點點頭，目送這位人美心也美的夥伴。

大家都陸續離開了學生會辦公室。我走到電腦前，按下電腦的開機鍵，然後到從角落的書櫃中，把一些表決不能帶出辦公室的檔案拿出來，開始忙碌。

直到把資料登記完畢，帶著活動方案的草稿走到電腦前，瞄了一眼牆上的時鐘，才發現竟然已經晚上八點半了。咕嚕咕嚕叫的五臟廟不是隨便耍任性的。

我看了手上的資料一眼，又看了一下時鐘，在腦海中快速想了一下明天滿堂的課表，考慮留到明天又需要再借一次辦公室，最後決定不要浪費時間，趕快地先把資料打完。當我做好決定，眼前的桌上突然出現一個麵包和一杯熱奶茶。我揉揉眼睛，以為自己出現幻覺時，有人拍了拍我的頭。

「先吃。」王易翔說了簡短的一句話，貼心地幫我撕開了麵包的包裝袋，放在我手上，然後又替我把吸管插進飲料裡。

「謝謝……」我確定不是幻覺，咬了一口手中的麵包。

「本來就沒薪水，餓著肚子做當然也不會有薪水。」

「話不是這麼說。」我哼了一聲，想拿奶茶時，卻不小心推倒了。熱熱溫溫的奶茶就這樣濺出了一些，還有幾滴滴在我的手背上。

王易翔手腳俐落地把奶茶放好，快速地拿了一旁的抽取式衛生紙擦拭我的手，問我，「有沒有燙到？」

我看著臉上滿是擔心的王易翔，突然有種奇怪的感覺，「沒，不是很燙。」

「等等。」他伸出手，笑意愈來愈濃，拿了一張乾淨的衛生紙，準備擦拭我的臉，「還是我應該先拍張照片，上傳到學生會的粉絲團，給大家看看妳對奶茶的熱愛？」

「別這麼無聊，我不想變成全民公敵。」我偷偷嚥了一口口水，因為與他的距離太近，我的心跳頻率加快，不自在地想從他手中搶過衛生紙，但沒有成功。於是我轉過頭，伸手摸了摸自己的臉與鼻頭，「這樣可以了。」

「嗯。」他點點頭，把衛生紙丟進垃圾桶，「妳怎麼了？」

我搖搖頭，刻意拿起桌上的資料夾，「沒事，擦乾淨就好了，謝謝你。」

「妳繼續努力吧。」

我握住滑鼠，檢視螢幕上的文件，「你也去忙你的吧。」

「我還得等妳把資料打完，再順便關門。」

「可是副會長不是說晚點會過來關門嗎？」

他聳聳肩，「他會晚一點，我們稍微提了一下，總之就是如果我時間許可的話，我關就可以了。」

我盯著電腦螢幕，連一眼都沒看王易翔，因爲在自己的心跳還沒恢復正常值之前，只想叫他快快離開。

「小默，妳在緊張？」他拋出問句。

該死！

「沒有。」我撒了謊。

「緊張的時候坐得特別抬頭挺胸。」

果然還是瞞不過他。我苦笑了一下，心想找什麼藉口好像都有點牽強，「對，我很緊張，因爲剛剛的距離太靠近，我深怕玉靈學姊或是其他人突然走進辦公室，然後被誤會。」

他停頓幾秒，之後才看著我，不像剛剛那樣帶著笑意的表情，突然變得嚴肅又認眞，「也許是我忘了，我們之間不該也不會再像從前一樣的親密。」

「王易翔……」我看著他，情緒跟著他的話起伏。剛剛原本是緊張的，現在突然有一種濃濃的失落。

他苦笑了一下，邊說邊站了起來，「這是我的問題，是我……總是難以拿捏與妳相處的態度。」

「可以告訴我，我應該要怎麼做嗎？」既然都開了頭，我決定逮到機會問個清楚。我站起身，抬頭看著眼前這位讓我好在意的男孩，眞心希望他能夠告訴我方法，「告訴我，我可以怎麼做，才能讓我們之間變得好一點？」

「無解。」他搖搖頭，表情很冷漠。

「你不告訴我事情的始末，當然是無解。但也許你告訴我之後，我們會知道應該要怎麼做……」

「小默，不管怎麼做，都不會改變什麼。」

「可是，難道就必須像這樣……」

「別談這些了，就這樣。」

「就這樣？」我看著他，「我完全不知道究竟是怎麼回事，你說就這樣？」

「我說過，眞相是殘酷的，我相信妳知道眞相之後，絕對會後悔自己爲什麼急著知道這一切。」

「王易翔，你夠了解我，也許我知道了確實會後悔，但是因爲這種事情讓我們兩人變成這樣，說什麼我也想知道。」我的情緒有些激動，但爲了讓自己的話聽起來很有道理，我刻意維持著平靜的語氣。

他嘆一口氣，無奈地搖搖頭，幾秒之後，低下頭看我，「我不會告訴妳的。另外，因爲我們現在都在學生會裡，我知道妳不可能隨便退出，我們當然也不可能完全沒有接觸，所以，我們就像普通朋友或是社團夥伴那樣的相處就好。」

「王易翔……」我看著他，撇開酸酸的心情不說，覺得收到類似好人卡的感覺很奇怪，原本緩和下來的心跳，因爲激動的關係再次加快。

「妳就別再喜歡我了吧。」丟掉嚴肅，他笑了，笑容一樣很好看，只不過冷漠的像個冰塊。

那天之後，又過了好一陣子，我和王易翔見面的次數是五隻手指頭數得出來的。他和學生會的副會長，以及幾位學長姊，隨著指導老師到南部去出差，爲了觀摩和交流。

聽起來這一趟好像受益良多，但也傳回不少關於王易翔的八卦。不過他花邊八卦的內容一向是乏善可陳，不外乎是哪個女孩拿了什麼東西告白，然後他又怎樣拒絕了。

關於這樣的八卦，我可以很流利地背出來，甚至是倒背如流。

這段時間以來，只要一想到他要我別再喜歡他，我的心就會被一股濃濃的失落襲擊。收回感情不是簡單的事，不然早在他憤怒地揮出拳頭打碎了我身旁的畫，氣得將電影票撕碎的那一天，我就會收回對他的感情，最好還能立刻交個男朋友，這樣好像更輕鬆自在，又不失瀟灑。

但我就是做不到。

不然，不會演變到現在還需要王易翔來提醒我。

那天在學生會辦公室，整個腦子都因為他的話無法專心，最後硬著頭皮把資料處理完，他和我一起把門窗關好，也在我後頭一起離開了辦公室。

儘管，我們一句話也沒說。

儘管，我們一前一後走在校內的紅磚道上，如同陌生人一樣。

不只是在辦公室那天，之後幾次的碰面，我都好想衝動地告訴他，讓他知道「喜歡」這件事情就是這麼莫名其妙，不但不可能想收回就收回，就連明明知道對方不可能喜歡你，再怎麼樣絕望、失落、失望、難過，也無法討厭對方。

只不過，這幾次都沒有機會和他獨處，根本沒有機會私下跟他說話。何況衝動歸衝動，我猜，一站在他的面前時，我也可能缺乏把話說出口的勇氣。

「這是校慶的輪値排班表。」玉靈學姊看看手中的資料，「等一下發下去，請大家看一下輪値的時間。已經盡量避開你們有參加的比賽的時段了，現在有問題的話，立刻提出立刻改過。」

「學姊，那如果進入決賽呢？」一個機械系的同伴發問。

「決賽的話，請盡快告訴我，我會連絡那個時刻的支援人員。大家還有什麼問題嗎？」玉靈學姊又問了在場的每一位夥伴，直到大家鴉雀無聲沒有半句話之後，才點點頭，大聲說了一句加油。

「沒錯，大家加油。」王易翔在玉靈學姊走到一旁之後，走到我們正前方，「這陣子大家都很辛苦，因爲明天我們幾個學生會的組長，要和指導老師以及其他老師開會，所以把行前會議提早到今天。但是一樣請各位夥伴別忘記後天的時程及工作安排，這樣我們就可以輕鬆一點了。」

王易翔的話，引起了大家的歡呼聲，還有幾個夥伴抱怨這陣子眞的太累的話，不過與其說是抱怨，倒不如說是努力過後的一種宣洩。

「謝謝會長。」夥伴們原本分歧的想法，最後化成異口同聲的一句。

「那現在由各組各自決定是不是還有細節要討論。我們的會議結束。」王易翔看了大家一眼，這樣的舉動，讓我想起國中國文課規定每個人都要上台發表讀書心得時，他提醒了總是會怯場的我適時往左右看看，讓聽眾有被注意到的感覺，這個方法，後來我才發現好像不只能讓聽眾覺得受重視，還可以讓在台上的自己，不會因爲只盯著某一個方向，看起來太呆滯。

再接下來的各組討論時間，玉靈學姊開門見山就說今天並沒有要討論的議題，直接劈頭就問我是不是還有三家廠商沒有跑完。

「對，但是都約了今天下午的時間。前幾天某位老闆出國，另一位老闆說那幾天很忙，還有一家昨天打過電話，也一起約好了。」

「那這三家應該今天就可以確認吧？」

「嗯。」我點點頭，看著在我們面前很嚴肅甚至帶有敵意，但是在王易翔面前卻截然不同的玉靈學姊。

「有問題嗎？莫默、珮琪？」

「沒有問題。」珮琪直接回應學姊。

「那就好，今天結束之後，告訴我一聲傳個訊息就好了，我可能還在開會。」

「好。」

「拉到長期贊助當然最好，雖然後天就是校慶了，店家如果要在校慶時贊助什麼，也盡早告訴我，我可以請企畫組製作感謝名牌及感謝狀。」

「好，我們會快點回報的。」珮琪用甜甜的聲音說。

「第一個廠商今天很好說話耶。」珮琪很開心。

「對啊，起初還以爲他一定不會答應，沒想到竟然這麼乾脆。」我開心地在表格上打了個勾。

「超驚訝的。」珮琪笑著，「但是第二個廠商感覺原本完全沒意願。」

「同感。」我在表格上的第二欄「贊助校慶」的欄位，塡上運動飲料保特瓶裝十箱的字樣。

「我覺得，第二家廠商是因爲妳的關係才願意贊助的。」

我蓋上筆蓋，「什麼意思？」

「一開始就不怎麼友善啊！」珮琪嘟嘟嘴，「後來聽妳講了那些贊助廠商的事情，什麼可以促進學校同學的消費興趣，她才同意長期贊助。」

珮琪這麼一說，我想想，好像眞的有這一回事。但是我隨即晃晃手上的資料袋，「不過還好……贊助同意書這個賣身契，已經簽囉。」我得意地說。

「沒錯。」珮琪也跟著我笑了，「那最後一家廠商是？」

我指著下一頁的欄位，「這家小火鍋店，不過好像有點遠，要再走一段路。」

「我看看……」珮琪站在我身旁，挨著我看著手中的資料，「所以要往那條路往前走囉。」

「對。」我拉著她走過馬路，從對面的小路穿過去再走到大街上，發現那是往王易翔住處的其中一條路，「這條路往下走大概五、六百公尺吧。」

珮琪笑著，感覺得出來只剩一家要拜訪的廠商，她心情輕鬆不少。我們踏著雀躍的步伐，準備迎接完勝的一天。

只是，我們往前走了一會兒，珮琪停下了腳步，我也跟著停了下來。「怎麼了？」

「肚子突然有點痛。」

我走到她面前，看著她，拉著她的手，「是吃壞肚子的痛？」

珮琪微微皺眉，「嗯，可能午餐吃的海鮮麵不乾淨。」

「那……需要看醫生嗎？」我看看手錶，「還是趕快借個廁所，或是……」

「還是忍一下好了。」珮琪揮揮手，臉上的表情卻顯得緊繃。

「我陪妳去看醫生。」我看了看四周，「或者陪妳去上廁所。」

珮琪為難地看著我，「可是時間快到了，難得約好，怕錯過機會。妳不是說老闆今天公休，晚點就可能要出門，特地留了時間等我們？既然這樣，一定要把握。」

我又看了一眼手錶，覺得珮琪說的並沒有錯，難得約到了，遲到或是取消的話，下次可能就沒有這麼好約，「那……」

「這樣好了，我走回我住的地方，」她指著後方，「滿近的，需要看醫生的話，我再打電話給我男朋友，只是我比較擔心妳。」

「不用擔心我。」我看著眼前真的很不舒服的珮琪，突然覺得放心不下，「算了，我打電話過去，請他等我一下，我先……」

「別再推辭了，就這樣。」珮琪點點頭，「不過，該要擔心安全的是妳，還是要不要……」

「別擔心，我邊走，邊打電話問有沒有人可以陪我去一下。」我拍拍珮琪的肩。

「好，一定要叫人陪妳，時間來不及的話，就盡量先不要進去。」珮琪皺緊了眉，「我聽群志學長說過，這家店的老闆好像滿凶的。」

「會的。倒是妳，到住處時傳個訊息給我。」

「好。」

和珮琪告別，我往原本設定的目標前進，然後從口袋裡拿出手機，猶豫自己應該要打電話找誰陪我去一下，或者誰正好有空可以撥二十分鐘左右的時間，陪我拜訪一下店家。

我拿著手機，在腦海裡快速地想著應該找誰，但是當我腦海中浮現王易翔說可以陪我一起去的表情時，隨即又想起他說的要我收回感情。同時，我想起了帶著開朗笑容的林聿飛。

只不過，我看著手機螢幕，猶豫了好久，最後我兩個人都沒找，直接撥給巧鈴。

「怎麼啦？」巧鈴的聲音聽起來很雀躍。

「巧鈴，妳在哪裡？」

「市區，我們在逛街。怎麼了？」

「沒事啦。」我看了一下手錶，「剩下最後一個廠商，想說妳在附近的話，想麻煩妳陪我一下。」

「妳搭檔呢？」

「她剛剛突然不舒服，先讓她回去了。」

「那現在怎麼辦？可不可以改天？」

「今天店家剛好公休，所以老闆才有空撥出一點時間給我們。」

「那等我半小時好了，我等等回去。」

趁巧鈴掛電話之前，我叫住了她，「沒關係啦，妳去逛街。」

「不行，妳一個人太危險了。」

「不會的，不然……我再問問別人。」

「還可以問誰？」

我吸了一口氣，爲了讓巧鈴放心，我說出了兩個可以幫忙的人，「王易翔或是林聿飛，他們都說過可以陪我。」

「確定嗎？」

「但是，妳眞的會找他們嗎？」巧鈴不愧是我最要好的朋友，一針見血地問出關鍵。

「嗯，放心。」

「會，我趕緊連絡看看……」邊說，我邊急急地往前走，「那我掛電話囉。」

「莫默，等一下！」

「怎樣？」

「妳等我好了，我大概半小時就可以到。」

「巧鈴，不用了，先這樣，我快點打電話問他們兩個。」

「好吧。注意安全。」

「沒問題。」我掛了電話，快快地往目標前進。我把手機收回口袋，因爲我不打算麻煩王易翔，也不打算找林聿飛。

我呼了一口氣，看著眼前不到三十公尺的小火鍋店，招牌很親民地寫了「一鍋九十九」的字樣，我心想，要不是早耳聞老闆很機車，不然應該會覺得這是一家好像還不錯的店。

所以，應該獨自拜訪嗎？還是眞的延後呢？但是，只差這一家店，我和珮琪的工作就能畫上完美句號，隨便放棄，是不是太說不過去了？

一樣站在原地，盯著前方「一鍋九十九」的招牌，「決定前往」和「改天吧」兩種想法不斷冒出頭來，最後，吸了一口氣，我還是決定往前走。

走到小火鍋店前，這才發現，店裡的鐵門只拉開了一半，裡頭開了微亮的日光燈。我吸了一口氣，走到鐵門前，往裡頭正在看電視的三個男人看去。

「不好意思，我是約好的學生會同學，請問老闆……」邊說，我邊告訴自己一定要控制好自己的目光，千萬別被老闆他們手臂上的刺青嚇著，同時也告訴自己一定要忍住害怕，盡可能保持鎮定。

「老闆等等才會回來，跟我講也可以，先進來講吧。」

「不好意思，還是在外面桌椅區講就好，」我尷尬地笑了一下，「怕打擾另外兩位先生看電視。」

「想太多了，進來吧。」

我嚥了一口口水，猶豫該要怎麼拒絕，微微握起拳，站了大概十幾秒，依然不知道該怎麼開口才好。

「同學，是說進來談有這麼難嗎？」其中一個比較年輕的人站起身，把檳榔渣吐在一旁的垃圾桶內，滿臉的橫肉比他的話更直接地警告我。

「不、不是的，」我偷偷吸了一口氣，「只是……」

「只是什麼？」那個年輕人操著台語，不太客氣地問。

「因、因為，剛剛……」我低下頭，實在找不出藉口，在情急之下，只好找了一個不知道能不能說服他們的理由，「我是跟同學一起過來的，她還沒跟上來，我想說我先過來，怕她找不到，站在門口比較明顯。」

那個年輕人又從茶几上拿了一顆檳榔放進嘴裡，大搖大擺地走到門口，站在我面前，「所以妳要找我爸講什麼？」

因爲暫時可以不用進店裡，我稍微放鬆了一些，但還是因爲緊張，心臟跳得非常快。我刻意走到騎樓下的矮桌椅前，故意把資料放在桌上，順理成章地坐了下來，把資料打開，「就是希望老闆可以提供學校一些贊助品。」

「什麼贊助品？」年輕的男人也坐了下來，看著我放在桌上的資料。

「都可以，之前學長學姊好像拜訪過老闆，可是老闆沒有意願……」我翻到沒有廠商名稱的贊助品品項，「其實主要是贊助長期的部分，像是消費打折的優惠，或是憑著學生證消費可以送飲品。這些不僅對學生來說很有吸引力，對你們也是一個增加客源的方法。」

「那短期的咧？」

「就是某一次的活動贊助。像我們明天、後天的運動會，有的廠商可能就單純贊助學生會工作人員的制服或是運動飲料之類的。所以……」我邊說，邊指著桌上的資料，原本放鬆了不少，神經又再次繃緊。

因爲這位年輕男人拉了拉椅子，不知道是故意還是無意，靠我靠得很近。當我想挪動椅子離他遠一點的時候，他竟然用另一隻手壓住我的塑膠椅，「所以，我們也可以贊助校慶要用的東西，或是吃的啦，喝的啦？」

他身上檳榔以及酒精的味道，因爲靠近的關係愈來愈濃。我急得想要站起身，一動作，他很快又把我壓回座位。「先生，你可以好好考慮一下，我同學快來了，若是你需要時間考慮，我明天再打電話問……」

他冷不防將手放在我肩上，我嚇了一跳，把他的手撥開，卻因此惹惱了他。他連罵了好幾聲髒話，拉著我的手臂，用台語粗魯地說，「拉贊助不必付出一些代價嗎？我看妳也不知道是眞清純還是假清純，我是看得起妳……」

「先生，請你不要這樣，不然、不然我會報警，我……」我急著想離開現場，又因爲驚嚇而僵硬得顫抖。

我的話說得斷斷續續，當我慌亂地想推開眼前這男人時，突然兩聲巨響讓我們之間沉默了幾秒。回過神，裡面坐著的兩個男人也站到門口，和剛剛老闆的兒子一樣驚訝地看著眼前的景象。

順著聲響的方向看去，一旁的兩張矮圓桌都被踢翻。當我驚訝又驚嚇地看著踢翻桌椅的人，才認出那是王易翔住處的警衛先生。他今天穿著短袖上衣，手臂上露出大片刺青，而且還沒開口，這群人便趕快走到他的面前，畢恭畢敬地稱呼了他一聲泰哥。

「看起來是在吃豆腐。」泰哥說了一口流利的台語。

「不是啦，泰哥，歹勢，是誤會一場。」一個微胖的男人忙著點頭賠不是，然後拉著老闆的兒子走到他身旁，「誤會啦，開個小玩笑。」

「眞的？」

「是，還不跟泰哥解釋。」年齡略長的男人說。

「泰哥，對不起，只是想說好玩，開個小玩笑，下次不會了。」老闆的兒子不斷低著頭道歉。

泰哥大聲地哼了一聲，「要不是我路過，你們就準備吃不完兜著走，最好不會再有下次，地上的東西幫小默小姐撿起來。」

「是。」

我看著眼前這一幕，心有餘悸，我還僵硬地站在原地，想蹲下來撿起資料夾都有點困難。直到泰哥走到我面前，換上笑咪咪的表情開口，我才稍稍地從驚慌中回過神。

「小默小姐，妳沒事吧？」

「沒、沒事，謝謝泰哥。」我擠出笑容，看著此刻和藹可親，和剛才有著天壤之別的泰哥。

「看需要他們贊助什麼，直接開口。」泰哥抬起下巴，指了指那群很認眞地把資料整理好的人。

「沒關係，這本來就不勉強的。」我接過資料夾，「贊助這種事情，就看廠商意願，不勉強。」

「你們幾個，今天晚上八點前把要贊助的東西告訴我。」泰哥先是對著他們講了台語，又回過頭來用國語問我，「東西都拿了嗎？」

「拿了。」我看了一下抱在手上的資料夾。

「那走吧。」

「嗯……」我跟著泰哥走出騎樓，準備往學校的方向走去。

「等等，小默小姐，妳要去哪？」

「小默小姐」這個稱呼讓我有點難爲情，停下腳步，看著眼前這位面惡心善的警衛先生，「泰哥……不用叫我小默小姐啦，叫我小默就可以了。」

「眞的嗎？」

我點點頭，尷尬地笑了一下，「叫我小默比較自在。」

泰哥抓抓頭髮，「好，小默，那現在要送妳回哪裡？」

「不用送我啦。」我揮揮手，「我走回學校就行了。」

「上車啦，怎麼可能讓妳走回去。」泰哥笑笑地接過我手上的資料夾，快步走到停在路上的黑色名牌轎車旁，打開車門，「走。」

我笑了一下，坐上車。

「小默小姐，我送妳回學校宿舍。」

「泰哥，是小默。」我忍不住笑了一下。

「對，小默。」

「泰哥，謝謝你。」

「別客氣啦，小事一件，我剛好要上班，打算順路買個東西當點心，就剛好看見妳。」

我尷尬地笑了一下，「謝謝。」

不過，幾分鐘之後，在即將到達學校大門時，泰哥用藍芽耳機接聽完一通電話，連停都沒停，就繼續往前開。

「泰哥，學校到了……」

「剛剛阿翔打電話來，要我載妳去他的住處等他。他還有什麼東西要討論，必須向學校主任報告，要我直接先送妳過去，妳等他。」

聽了泰哥說的話，我的心臟漏了拍，「他……怎麼會知道？」

「我剛剛傳了訊息給他，大概告訴他剛剛的經過了。」

我想起泰哥在開車之前，好像的確用了一下手機，「不過，不能送我回宿舍嗎？」

「什麼？」

「我想回宿舍。」我看著坐在駕駛座的泰哥，說出也許會讓他爲難的話。果然，才把話說出口，就看見他臉上的爲難表情。

「小默小姐，喔，小默？」

我苦笑了一下，不知道該怎麼跟泰哥解釋這一切，其實現在我就是不想面對王易翔。大概是因爲，這些可能遭遇的危險，他明明警告過我，我卻無視他的警告，獨自前往。

也因爲他要我收回感情，讓我暫時不想面對他。

「泰哥，送我回去好了，或者在這停也可以，我走回去。」

「眞的不去阿翔住處等他嗎？」

「我想回去。」

泰哥看著我，臉上愈來愈爲難，「小默，去吧，再說我上班的時間快到了，別爲難我。」

我看了一眼車上的時鐘，再過幾分鐘就六點了。雖然知道這也許是泰哥想說服我的藉口，但覺得繼續推辭好像過意不去，「好，那麻煩你。」

「阿翔很擔心妳的。」

「是這樣嗎？」我笑了一下，看著前方的景色，沒有再說一句話。

在王易翔住處門口停了下來，泰哥摸了摸外套的內袋，接著又摸了摸兩旁的口袋，

「奇怪，鑰匙呢？」

我蹲了下來，想試試看是不是和從前一樣放在腳踏墊下。結果才剛掀開，果眞看見一把銀白色的鑰匙，就放在腳踏墊的正中央位置。我拿起來，直接打開了門。

「哇靠，小默，妳很神喔。」

我把資料放在一旁，坐在靠牆的位置，接過泰哥遞過來的礦泉水，「謝謝泰哥。」

泰哥也坐了下來，隔著和式桌和我面對面地坐著，「怎麼知道鑰匙放在那裡？」

我喝了一口礦泉水，「因為小時候，王易翔家都是這樣放的。老實說，我只是用猜的，因為這麼久了，有些習慣，也許改變了。」

「那可不一定。」他喝了一大口水，「好久沒那麼凶了，口都渴了。」

「謝謝你，泰哥。」

「別客氣了。」泰哥又喝了一口。

「都是我害泰哥這麼口渴，但是還好有你，讓那群人嚇得屁滾尿流。」我笑了一下，想起剛剛的遭遇，還是心有餘悸。

「妳應該說還好是我去，如果去的人是阿翔，那群人可能會掉了牙。」

「掉牙？」我皺皺眉。

「我猜，阿翔不會輕易饒過對妳動手動腳的人。」

「是嗎？」我低下頭，看著腳邊的礦泉水，心想那個要我收回感情的人，是不是眞的會像泰哥所說的那樣關心我。

「當然，他剛剛在電話裡氣急敗壞的語氣，妳聽到都會嚇一跳。」

「嗯……」我轉開礦泉水的瓶蓋，喝了一小口，「泰哥，為什麼你們會認識？」

「哈，為什麼會認識……」泰哥往前坐了一些，「因為以前我是阿翔養父的跟班，老大很照顧我們，後來鼓勵我們金盆洗手，對我們也很不錯，大概就是這樣的淵源。」

「可是……王易翔為什麼會被收養？」聽到收養兩個字，我突然想到那個橋下關東煮店的老闆。當時只是大概提了一下，沒有繼續聊下去。現在這麼一提，我才想到遇見王易翔以來，我好像不曾聽他提過王媽媽的事情。

「這些事，我想阿翔親自跟妳說比較好。」泰哥思考了一下，臉上的表情是嚴肅的，「時間差不多了，我先回警衛室。」

「喔，好，謝謝泰哥。」雖然心裡有一百個衝動想追問，但是一來看泰哥急著上班的模樣，二來看泰哥好像不想提到王易翔的私事，我只好不再多問，向泰哥道謝。

泰哥看了一眼手錶，「阿翔應該也快到了，妳先休息一下。」

「好。」

他看著我，「不過，妳一個人暫時待在這裡沒關係喔？」

「放心，我沒事。」

看著泰哥離開的背影，我弓起膝蓋，將下巴靠在膝蓋上，閉上眼睛，竟又想起剛剛在小火鍋店前的經過，忍不住打了一個冷顫。

雖然因爲泰哥的即時出現，沒造成什麼可怕的後果，但是一想起那個討厭鬼毛手毛腳的舉動，我就渾身不對勁，不僅心跳加速，連身體都微微地顫抖。

我睜開眼睛，正好瞧見眼前書架上的無敵鐵金剛，突然覺得他好像正用著雄赳赳氣昂昂的姿態，告訴我這並沒有什麼，要我快忘記這討厭的遭遇。

房間的門再次被打開，王易翔很快地把背包放在一旁，走到我面前盤腿坐著，擔心地問我，「小默，妳沒事吧？」

「嗯……」

他低下頭，認眞地看著我，「怎麼了？嚇壞了？」

我咬著下唇，給了他一個可能有點勉強的微笑，「沒事，幸好泰哥路過。」

「剛剛泰哥說妳表面看起來還好，但應該嚇壞了。」他的嗓音依樣低沉好聽，但語氣非常焦急。

我搖搖頭，「不會的。」

「有沒有受傷？」他將手放在我的肩上，擔心地問。

「沒有。」我苦笑了一下，希望他別再繼續追問，「別緊張，雖然當下眞的嚇到，但現在已經沒事了。」

「沒事就好。」他點點頭，總算放心了一些的樣子。「看到泰哥的訊息，因爲很擔心，會議還在討論的階段，我就先離開了。本想到便利商店買個甜筒冰淇淋讓妳開心一下，可是我恨不得趕快衝到妳面前，當面確認妳眞的沒事，我……」

我挪動身子，看著眼前離我好近的王易翔，以及他眼中那份僞裝不出來的焦慮，看在眼裡，竟悄悄地化成一份感動的情緒，甚至有一股擁抱他的衝動。

但我告訴自己不能衝動，超過了這個界限，恐怕連這樣靜靜看著他的機會都不會有了。我低下頭，不小心讓熱熱的眼淚掉了下來。

「小默？」

我擦掉眼淚，「我沒事，只是覺得感動而已。」

他突然抱住我，溫暖地拍拍我的背，「沒事了，別再想討厭的事情了，沒事……」

舉起手，想回應他的擁抱，但是我僅存的理智卻不允許，於是我只好靜靜地隱藏住心事。

「莫默。」

「玉靈學姊，怎麼了？」我收拾完桌上的會議資料，正準備放進背包，玉靈學姊突然叫住我。而我的直覺告訴我，一定不是什麼好事情。

「半小時後，在圖書館後面見面，沒課了吧？」

了她。

果然。

「嗯，好。」我點點頭，原本想拒絕她，但是看到她的表情，不知道怎麼地就答應了她。

「一個人來，我有話想跟妳說。」

「會的。」我再次點點頭，把資料夾放進背包，「沒事的話，我先走了。」

本來計畫開完會直接回宿舍的，但是因為玉靈學姊，我決定先去圖書館找一下通識報告的參考資料。我往圖書館的方向走去，到了圖書館門口，想把手機關成靜音時，正好看見巧鈴傳了幾個訊息，還有一通未接電話。

我走到圖書館大門旁的花圃前坐下，按下巧鈴的手機，「喂？」

「開完會了沒？」

「開完啦！妳不是還在上課嗎？」我看了一眼手錶。

「下課時間，老師有事情先去系辦一趟，剛剛有一個同學說要團購好吃的蛋捲，妳要不要一起團購？」

「蛋捲……」我立刻想起王易翔，小時候他總和我搶蛋捲吃。

「嗯，網路上很有名的喔，林聿飛那傢伙剛剛立刻訂了五大桶。」

「五桶？也太厲害了。」我不由得地驚呼，想起林聿飛和巧鈴選修了同一節課，

「一桶多少錢？有哪些口味？」

「我剛剛傳價目表給妳了，妳再回訊息給我，我直接訂。」

「嗯，好，謝了。」

「妳回宿舍了？」

我盯著自己的鞋帶，發現已經快要鬆脫，「還沒，在圖書館門口，正打算進去。」

「昨天不是才去過圖書館嗎？妳也太好學不倦了。」

「不是啦，其實是因爲玉靈學姊……」話說到一半，我沒有繼續說下去，「沒有啦，想到還缺一些資料，趁著有點空閒來找齊。」

「莫默！」電話那頭的巧鈴突然喊了我的名字。

「嗯？」

「妳說玉靈學姊怎樣？」

「沒有啊。」

「莫默，快從實招來。」

「眞的沒有。」

「快說，不然我立刻衝去圖書館找妳。」

我呼了一大口氣，「剛剛開完會，她約我在圖書館後面見面。」

「爲什麼？」巧鈴的聲音有點驚訝。

「說有話想跟我說。」

「天呀！一定要去嗎？直接晃點她就好了，反正一定是黃鼠狼給雞拜年，沒什麼好心眼。」

我苦笑了一下，雖然打從心裡認爲玉靈學姊找我不會是好事，但是我想，應該也不像巧鈴說的那麼恐怖，「放心，應該只是有事想說。」

「那妳等我。」

「欸！巧鈴……」

「幹嘛？」

我嘆了一口氣，「放心啦，我沒關係，說不定玉靈學姊只是想單獨談談。放心啦，她一個人能對我怎麼樣？何況，妳不是說今天的課程很重要，老師也擺明了下課前會點名什麼的嗎？放心啦。」

「那妳答應我，有事一定先打電話喔。」

「會的，有事的話，我不會打妳的電話，我會按緊急通話鍵，報警比較快。」我開玩笑，希望讓巧鈴放心一點。

「好啦，妳自己小心。」巧鈴認眞地說，「對了，記得看一下團購的訂單。」

「好，那我掛電話囉。」結束通話後，我彎下腰，把快鬆開的鞋帶綁緊。

走到圖書館後面時，玉靈學姊已經斜靠在圖書館白灰色的外牆上，雙手交握在胸前，臉上掛著的，不知道是怎麼樣的情緒。

「玉靈學姊。」

「不錯，滿準時的。」玉靈學姊站直了身子，睨了手錶一眼，「阿翔他不知道我約妳到這裡來吧？」

「不知道。」

「那就好，爲了不耽誤妳我的時間，我就開門見山說了。」玉靈學姊走到我面前，有一種說不出的威嚴感。她靜靜看著我，大概有好幾十秒都沒有開口說話，直到我往後退了一步，然後先開口。

「學姊，爲什麼這樣看我？」

「我在看，阿翔的青梅竹馬到底有什麼魅力。聽說昨天阿翔破天荒丟下會議，就只是爲了去找妳。」玉靈學姊仍盯著我，「除非有重要事情，否則他不會丟下會議。」

「那是因爲我拜訪廠商遇到一些狀況，店家老闆……」

「我有說要聽妳解釋嗎？」

我抿抿嘴，玉靈學姊的話讓我不知道如何應對。覺得很莫名其妙，但因爲不想和她槓上，我選擇了退一步，以維持連我都不確定是不是可以繼續保持的和平，「嗯。」

「所以妳又在阿翔住的地方過夜了？」玉靈學姊臉上的肌肉比剛剛緊繃，沒有要讓我繼續說下去的意思。

「不然是怎麼樣？」

「我是在那裡過夜沒錯，但事情不是妳想的那樣。」

「沒有怎麼樣，但……眞的沒什麼。」

「莫默，妳怎麼會這麼不要臉？」

我發現自己的心跳因爲微微激動的關係而變快了些，「如果需要，我可以告訴妳到底發生了什麼。」

「我不准妳繼續勾引阿翔。」玉靈學姊往前站一步，看起來沒有要聽我任何解釋的意思，只是氣勢凌人地瞪著我，太陽穴旁的青筋有些明顯。

看著她不可理喻的樣子，我嘆了一口氣，心想該怎麼繼續應對，「我不知道所謂的勾引是什麼。」

「又來了，莫默，可不可以不要再給我這種無害又天眞的表情？」玉靈學姊不客氣地翻了白眼。「因爲就是這種無害又天眞的虛僞，搞得阿翔和林聿飛團團轉。」

我緊握著拳，實在搞不懂她怎麼把林聿飛無端牽扯進來，憤怒到全身發熱，「這與林聿飛有什麼關係？」

「沒關係嗎？阿翔是個念舊的人，所以他這樣對妳，我稍微能夠理解。」玉靈學姊重重地哼了一聲，「但難道妳看不出，就是妳的虛偽，就是妳的欲拒還迎，讓林聿飛以爲有機會可以追求妳嗎？」

追求？我沒有把心中的疑惑說出口。

「學姊，不管林聿飛有沒有要追求我，」我嚥了嚥口水，以緩和心中的激動，「都與妳無關。」

「是啊，與我無關，那阿翔的事情總與我有關了吧？」

看著她的劍拔弩張，我決定不再退縮，「請問，學姊妳是王易翔的女朋友嗎？如果你們正在交往，那妳現在對我頤指氣使，甚至找我興師問罪，我都可以接受，而且還會給妳一個誠懇的道歉，因爲我不是那種會搶別人男朋友的人。」我盡可能保持平靜，但其實心中已經萬馬奔騰，「但如果妳什麼都不是，妳有什麼資格站在這裡指著我，對我咆哮？」

「莫默！」也許被我逼急了，她顯得更激動，太陽穴旁的青筋更突出明顯，「看來我小看妳了。」

我笑了一下，直直地看著她，「我就是這樣的，或許妳弄錯了什麼。」

「好，既然妳也不是省油的燈，那就說個清楚，妳退出學生會。」

「爲什麼我要接受？」

「終究要退出的，自願退出會顯得漂亮一點。」學姊低下頭，然後再次抬起頭看我，「不然我也會想辦法讓妳退出的。」

「要我退出這種話，王易翔講過很多次了，但是我的答案都一樣，辦不到。」

學姊臉上的線條瞬間緊繃，右手高高地舉起，直接落下。原以爲會打在我的臉上，但是卻停在半空中，大概只差個十公分就打上我的左臉頰。「會怕嗎？」

我吸了一口氣，「就算妳打了，事情也不會有什麼改變，而且我會告訴王易翔，讓他知道他的好朋友竟然這麼不可理喻。」

「莫默！」她一直瞪著我。「我沒有打妳不是因爲怕妳，我只是想想，一來這確實像妳說的一樣，事情不會有什麼改變，二來……哈。」

「二來什麼？」

「我突然想起，妳和阿翔之間的那一道牆。」學姊突然哈哈地笑了起來，那是一種勝利者揶揄的笑容。

「也許，有一天，我會親手毀了那道牆。」我說得很有把握，但這其實是我最沒有自信的一件事。

學姊又誇張地笑了，「妳以爲這麼容易嗎？」

「不試試看怎麼知道呢？」

「妳不會成功的。如果這麼容易，念舊的阿翔還會是現在這個態度嗎？」

我看著她，沒有說話。

「這樣說好了，如果立場互換，如果妳的爸爸因爲阿翔爸爸的一些手段賠掉了努力了一輩子的事業，想不開自殺了，媽媽也跟著走了，妳心裡能夠原諒阿翔嗎？」

如果我的爸爸因爲王易翔的爸爸賠掉了事業，媽媽也因此走了……我能夠原諒嗎？

我沉默了，想著學姊所描述的狀況。

「所以這個假設……」

「現在是假設，卻是千眞萬確發生在阿翔身上的事。」

「什麼意思？」

「還不夠明顯嗎？」

正如她所言，她已經說得很明顯，但也許是潛意識在抗拒，我不願意相信這種不清不楚的假設，「所以，我和王易翔之間的那道牆是什麼？」

「妳是在請求我嗎？」她聳聳肩，很機車地嘆了一口氣。

「妳想這麼想就這麼想吧。」我咬著下唇，「如果那道牆眞的這麼堅不可摧，確確實實將我和王易翔分開，那妳是不是應該告訴妳的情敵，讓妳的情敵知難而退呢？」

「妳會自動退出？」

「這樣說好了，如果妳是我，聽了這個眞相，會不會有勇氣繼續喜歡王易翔？」

玉靈學姊又哼了一聲，看起來陷入猶豫。她轉身背對我，往前走了兩步，隨後轉身看我，「好，我就告訴妳，但妳膽敢讓阿翔知道是我說的，我不會放過妳。」

我點了點頭。

玉靈學姊抿抿嘴，「詳細的情形，都是我從大人那兒知道的，收養阿翔的叔叔和我爸是世交，以前闖江湖時候兄弟，當然，現在都金盆洗手了。」

「嗯。」

「妳爸跟阿翔他爸都是生意上往來的夥伴吧？」玉靈學姊走到矮牆前坐下，「我聽我老爸說，當時妳爸的公司和阿翔他爸公司生意往來密切，聽說因爲是同一個眷村的孩子，彼此都互惠合作的。但阿翔的爸爸因爲公司經營的問題，必須拿到某一筆訂單。妳知道嗎？那筆訂單對妳爸公司來說不算什麼，但是對阿翔他爸公司是關鍵。聽說他私下去懇求妳爸把那筆訂單讓出來，妳爸說什麼也不願意。當然阿翔他爸公司的經營本身就出了問題，不過這訂單或許是他起死回生的機會，卻因爲妳爸……讓他連起死回生的機會都沒有。」

我思考著，對於大人們的生意，也許年紀小，也許沒興趣，所以一直以來都不怎麼清楚。小時候的印象，是阿翔的爸爸常常到家裡來，和爸爸開心地下棋聊天，偶爾聽他們談到哪一筆生意怎麼樣，哪一筆生意有多麼大的利潤。

「然後呢？」我嚥了嚥口水。

「總之，就是妳爸他死都不願意幫忙，害得阿翔他爸的公司眞的倒閉了，債主追上門，就……」

我舉起手，要玉靈學姊別繼續說下去，「接下來的事情，我知道了。」

玉靈學姊冷冷地笑了一下，「不，妳不知道。」

「不可能的，這其中一定有什麼誤會。我爸爸和王爸爸感情很好……」

「我眞的受夠妳這種無辜的表情了。我告訴妳，妳爸就是這種利益當頭，什麼都是屁的人。」

「不是！」她的說詞，一個字一個字打進我心裡。我的情緒很激動，一方面想爲自己的父親辯解，一方面又不想接受玉靈學姊說的話。

「信不信由妳，不過妳也可以去問妳爸爸，看看他當初是不是這樣利益薰心。」玉靈學姊聳聳肩，冷笑了一下，「眞搞不懂阿翔，這件事情有什麼好隱瞞的，直接讓妳知道不就得了。」

「是這樣嗎……」

「我說過，相不相信隨便妳。」玉靈學姊站起來，走到我面前，「妳現在是不是終於知道，爲什麼阿翔看到妳就覺得討厭了吧？」

我看著玉靈學姊冷冷的態度，鼻子酸酸的、眼眶熱熱的感覺又更明顯了些，「在那之後的王易翔呢？我是指被現在的養父收養之後……」

「幾天內失去了最愛的父母，妳覺得會過得好嗎？」

我的眼淚不爭氣地掉了下來。我趕緊伸手擦去，但是一想到王易翔歷過的一切，眼淚依然控制不住。

「呼，就一起告訴妳吧。讓妳知道妳們之間的那道牆到底有多高、多厚。」

「嗯……」

「我一點也不誇張，到了新環境的阿翔，整整一年，整整一年幾乎不主動跟人說話。也許後來想通了，才有現在的阿翔。」

「整整一年……」聽到這裡，我的心像被刀子劃過一樣痛。

一個這麼開朗的男孩，整整一年不主動與人交談。我的眼淚像斷了線的風箏，一顆一顆往下墜。

「是，整整一年，這都是拜妳爸所賜。」玉靈學姊聳聳肩，又往我靠近一步，狠狠賞了我一個大耳光。

我嚇了一跳，驚嚇與痛楚的感覺，讓我往後退了兩步。

「這是替阿翔打的，我猜他再怎麼恨，也沒法像我這樣打妳。」

「學姊……」

「另外，我告訴妳，妳知道他後來爲什麼終於願意與人交談嗎？」

我皺緊眉，搖搖頭，「爲什麼？」

「因爲叔叔，就是他的養父告訴他，如果繼續這樣一蹶不振，是希望有誰來幫他，那是沒用的。想要報仇，或者是想要讓事情的眞相公諸於世，就必須強大自己的力量。這樣，說出來的話，才會有人聽、有人相信。」

「報仇……」

「對，報仇，換句話說，阿翔之所以改變，是因爲他想要報仇。莫默，退出學生會吧。」玉靈學姊冷笑了兩聲，「或者直接轉學。總之，離得遠遠的就是了。聽了這些事，妳如果還感受不到自己的存在對阿翔來說是多麼痛苦的一件事，妳就眞的太殘忍了，比起妳爸，妳才是眞正殘忍的那一個。」

「不是，這一定是誤會，爸爸和王爸爸是很好的朋友。」

「哼，信不信就隨便妳了，反正阿翔是這麼認爲的。總之，對他而言，妳就是一個殺人凶手的女兒，管它是間接還是直接，妳和他就是無法……」

「夠了！」林聿飛突然出現，打斷了玉靈學姊的話。他憤怒地走到我身旁，「這種言語上的欺壓，眞的會讓妳比較好過嗎？」

「林聿飛……」我咬著下唇，拉拉林聿飛的衣角，要他別再繼續講下去。

「唷，看來妳的護花使者看不下去，趕來保護妳了。」玉靈學姊口氣酸酸的，還冷冷地哼了一聲。

「梁玉靈，妳說夠了沒？」

「林聿飛，你知道學生會是尊重輩分的地方吧？」玉靈學姊搖搖頭，「光是你現在這樣連名帶姓叫我，就足夠讓你在學生會待不下去了。」

「如果所謂的尊重輩分，是盲目無理的蠻橫，那我想，我也沒有繼續待在學生會的必要。」

玉靈學姊哈哈地笑了，還不屑地拍了拍手，「眞不愧是老師欣賞的超級新生，倒是很會說話。好啦，不跟你們浪費時間。」玉靈學姊的目光移到我臉上，「莫默，反正林聿飛也是很多女孩心目中的理想男友，我看妳就乾脆放棄阿翔，選擇林聿飛吧。」

「梁玉靈，妳以爲感情……」林聿飛再次憤怒地開口。

「夠了！」我低吼，瞪著學姊，只可惜不斷落下的眼淚，讓我看起來非常沒有威脅性，「學姊，感情這種事情，不是旁人怎麼說、怎麼指使，就可以做得來的。謝謝妳告訴我王易翔遭遇了什麼事，但不管那道牆有多高，不管我是不是要知難而退，我想都不是妳能改變的。」

「莫默，妳比我想像得還要頑固。但，隨便妳，反正我該說的都說了，讓妳的護花使者好好安慰妳吧。」玉靈學姊冷笑了一下，往前走了幾步，又停下腳步。「對了，老話一句，我永遠也不可能祝福妳和阿翔。」

看著玉靈學姊離開的背影，我的眼淚又忍不住掉了下來。我擦掉眼淚，看著滿臉擔心的林聿飛，在他想說什麼安慰我的時候，我揮揮手阻止了他，並且要他先離開無妨，我想一個人在這裡好好的冷靜一下。

「我不打擾妳，在轉角距離妳遠遠的地方陪妳就好。」林聿飛溫柔地回應我。

「林聿飛，你先回去吧。」我看了一眼手錶，雖然因爲淚水而模糊的視線，讓我看不太清楚此刻正確的時刻，「快回去上課，免得被點名了。」

「我不放心。」

「林聿飛……」我仰著頭看他，「我想一個人靜靜。」

他看向一旁，猶豫了幾秒才低下頭對上我的眼神，「莫默……」

「放心。」

他突然伸出手，擦掉我又再次滑落的眼淚，「如果妳想要的是我站在遠處，我會照辦的。有事的話，打電話給我，我隨時都在。」

比起妳爸，妳才是眞正殘忍的那一個……

我千方百計想知道眞相，以爲會有足夠勇氣去面對。但是很顯然，我根本不夠強大，玉靈學姊所說的每一句話才會不斷像魔音一般在我耳邊響起。每聽見一次，心就刺痛一次。

在玉靈學姊和林聿飛都離開後，我呆坐在圖書館建築的矮墩旁，只剩下自己臉頰上因爲被打耳光而留下的痛楚，以及混亂到很可怕的腦袋。

我將頭倚在牆邊，腦子裡浮現的，是這些年來我看了不下千次的泛黃報紙上的新聞標題。各大報寫的是爸爸的公司成功吃下了某一張大訂單，使得許多同業廠商非常嫉妒的新聞內容。

在那之後，王易翔對我的態度有了一百八十度轉變。當他口口聲聲說事情不像報導所寫的那樣簡單，我好幾次試著想從爸爸媽媽那兒知道事情的眞相。但是，難得不高興的爸爸竟然對我發怒，而媽媽則規定我不准再問起來龍去脈。

我將下巴靠在弓起的膝蓋上，想著這些造成巨大傷痕的回憶，耳邊又響起玉靈學姊剛剛所說的每一字、每一句，心裡就像被無數個針刺了又刺、刺了又刺的痛苦。

怪不得當時王易翔會憤怒地將拳頭狠狠打在牆上，怪不得他會氣得把我手中的電影票撕得破碎，怪不得王易翔恨不得把我踢出他的生活。原來這一切，都是因爲有這樣的內幕。

我閉上眼睛，想起事情發生後的王易翔，再到後來再次相遇，一開始對我冷漠、對我嚴苛，在對我好之後又把我推開，要我收回感情，接著又想到他其實默默地對我好。

他這種反反覆覆的舉動，讓我不只一次猜想他怎麼了。但是現在這麼想來，我發現自己可以理解這一切，更因爲理解，也更能感受到那種在內心拉扯，甚至拉扯出傷口，不斷不斷癒合又流血、癒合又流血的狀態。所以，在他對我冷漠又狠心的那段時間裡，其實是釋放著要我知難而退的訊息，只是，沒想到愚蠢的我竟像隻趕不走的蒼蠅，說什麼也要加入學生會，攪亂他的生活。現在想來，我才終於明白當他試圖用這種冷漠的方式趕走我。

換個立場思考，他的心裡也許比我更難受，而我卻不知天高地厚地和他爭執，惡狠狠地想要跟他分出個高下。

換作是我，應該會眞的要對方不准出現在我生活裡。換作是我，應該會希望不要再和對方有任何瓜葛。換作是我，我一定會想盡辦法讓對方滾出學生會。換作是我，我不可能像王易翔那樣的寬容，不可能任憑對方一次一次試探，一次一次接近。

莫默，原來妳一直以來的努力追求，對王易翔來說是這麼大的傷害。原來在妳千方百計地想接近王易翔，想和他讀同一所大學、一起加入學生會、靠近他的生活，這些一廂情願，對他而言是心如刀割。

爲什麼妳這麼殘忍？

玉靈學姊說得對，眞正殘忍的人是我。

而且，她也說對了一件事。

就是那道牆，也許是王易翔和我始終無法跨過的高度。

「小默，聽話，別想太多好不好？」電話那頭的媽媽聲音非常焦急。

「我知道了，媽媽放心……」

「這件事情，我們也覺得遺憾。眞的。」

「我知道了，我要去上課囉。」

我輕輕地靠著圖書館旁的矮墩，從電話中得知了當年事情發生的大概經過。也許商場上的明爭暗鬥就是這麼一回事，在某種角度來看，爸爸和他公司的合夥人並沒有錯，但是王爸爸他們公司，確實是因爲爸爸他們才丟了訂單，最後才周轉不靈倒閉的。

將下巴靠在弓起的膝蓋上，閉上眼睛想了很多小時候的回憶。上了大學之後與王易翔的經過，像個跑馬燈一樣地在腦海播放，最後停在玉靈學姊告訴我眞相時的畫面。

而眼淚，彷彿哭乾了，只剩下一種類似心死的感覺，伴隨著不知該怎樣面對王易翔的心情。

靜靜地，也許因爲時間漸漸晚了，原本偶爾還聽得見有人路過的笑談聲，但是現在四周已經寂靜了些。唯一的聲響，除了偶爾微風吹動樹葉而發出的窸窣聲，就是從不遠處傳來的陣陣悶雷聲。

會下雨嗎？也好……如果下場大雨，把我的悲傷沖走，又何嘗不是一件好事？

老天爺像是聽見我心裡的呢喃，突然毫不留情落下了一滴一滴的雨珠。先是落在我腳邊，然後落在我的肩上。沒幾秒的時間，就嘩啦嘩啦下起了大雨。

我挪動了身子，盡可能躲在屋簷下，但因爲風向的關係，大雨無情地往我打過來，逼得我只好站起身，決定走到圖書館前門去。

在我站起身的同時，突然有種雨似乎變小了點的錯覺。然後我這才看見在我的鞋尖前，有一雙白色的帆布鞋，帆布鞋的主人，拿了一把傘站在我的面前。

他蹲了下來，「走吧，雨愈來愈大了。」

「你蹺課喔？不是跟你說……」我話說到一半，抬起頭一看才發現蹲在我面前的人不是林聿飛，而是王易翔，「怎麼是你？」

他抿抿嘴，沉默了幾秒，拉了我一把，要我和他一起站起來，「雷達。」

因為蹲坐太久，我的腳有些痠麻。他貼心地扶著我，直到我真正站好，「雷達？」

「嗯。」他指著頭頂，「從小到大，我就像有個天線，只要妳不開心的時候，我就能感應到。」

聽著他的話，我突然鼻酸，「王易翔……」

他低下頭看我，「梁玉靈都告訴妳了？」

「你可以暫時別管我嗎？」因為我還沒準備好應該怎麼面對你。

「我如果可以不管妳就好了。」他笑了一下，是一種很苦澀的笑容。

語氣裡的溫柔使我很感動，也許在這之前的自己，會因為他的這句話而開心，但是此刻，卻讓我心中的那份歉疚愈來愈強烈。

他愈是溫柔，我心裡就愈難過，眼睛就愈來愈熱、愈來愈模糊。

他突然拉了我一把，將我擁在他懷裡，「別管梁玉靈說什麼。」

沒料到他這突如其來的舉動，我呆住，像個木頭人一樣的僵著，緊握著拳，唯一還算活潑的，是過度跳動的心臟。

不管王易翔擁抱我的動機是什麼，但是像這樣被他抱著的畫面，其實我曾經偷偷地想過。我總想著，向他告白時，如果他也喜歡我的話，應該會給我一個甜蜜的擁抱，然後我會像充飽了氣的氣球一樣元氣滿滿。只是，現在的我竟然連回應他的勇氣都沒有。

他拍拍我的背，「別哭了。」

我再次閉上眼睛，感受著他溫暖的大手傳來的溫度。我靜靜感受著這個擁抱，感受王易翔和我疊合在某個頻率上的心跳。

「對不起。」

「爲什麼對不起？」

「一味地想靠近你、接近你，一直希望引起你注意。」我苦笑了一下，「感覺很討厭吧？」

「沒有。」

「我以爲很多事情可以回到從前，我以爲不管當時發生什麼，時間一定會沖淡一切，所以一直很努力想要出現在你的身邊，考上你就讀的大學、參加有你的社團、和你在同一個城市生活著。」我擦擦眼淚，但無法控制一直往下掉的淚水，「現在我才知道，原來我的一廂情願，造成了你很深的痛苦。」

「小默……」他輕輕替我沾去眼淚。

「我的存在，對你而言……是很最殘忍的事實吧？」

他看著我，並沒有說話。倘若立場互換，我也可能不知道該說些什麼。

「遇見你之後，我好幾次都覺得你難以捉摸，一下子對我好，一下子又對我冷漠；一下子對我溫柔，一下子又對我嚴厲。你要我主動退出學生會，但聽群志學長說，其實當初是你拍胸脯的保證，我才有機會加入學生會的。」我吸吸鼻子，「原來不是你難以捉摸，只是因為我的存在讓你變得矛盾。」

「小默，其實……」王易翔將手放在我的後腦杓。話才說到一半，就被響亮的手機鈴聲打斷，他很快從口袋裡拿出手機，按了拒絕接聽，「其實這些真相，在遇見妳之後……」

我吸了吸鼻子，想忽略從他的牛仔褲口袋裡傳出的手機鈴聲。我輕輕地接過雨傘，「接吧！」

「不接。」他從口袋拿出手機，瞄了一眼。

我拿過手機，直接滑了一下，舉起手，放到他耳邊。「阿翔，來一下林哥的店好嗎？」

「什麼事？」

「玉靈她下午跑到林哥的店裡，不知怎樣猛灌了好幾杯酒，現在整個人都醉了，我看也只有你可以安撫她，把她送回家。」

「叫泰哥過去吧。」他的喉結因爲說話的關係，一起一伏的。

我搶過手機，直接對著對方說話，「他等一下就過去了。」

王易翔把手機放回口袋，「爲什麼要這樣？」

「是因爲我惹惱了玉靈學姊，她才氣得喝酒的。再說……因爲音量有點大，我都聽到了。除了你之外，似乎沒人搞得定她。」我苦笑了一下，仰頭看著眼前這位距離我好近，而且我暗戀了好久的男孩。

「我叫別人去就好了。」

「王易翔。」

「不行，我不放心妳。」他堅定地搖了搖頭。

「去吧，我沒事的。」

他沉默了幾秒，看得出他的爲難，「那我先送妳到我住的地方。」

我搖搖頭，「我回宿舍就好，我現在想洗個舒服的熱水澡。」

「好，晚點再找妳。」

「再說吧。但我還想知道一件事。離開了眷村之後的你……」我吸了一口氣，鼻酸的感覺再度湧上，「日子是怎麼過的呢？」

「一度想結束自己。」他苦笑了一下，倒是乾脆地回答了我的問題，「爸爸走了之後，媽媽在幾天後的下午也走了，當時我覺得天都暗下來了。儘管是白天，卻也跟夜晚一樣黑暗。」

「後來呢？」看著他無奈的表情裡帶著一種自嘲的笑容，我問。

「告別式那天下午，我在我們眷村附近的那個岩石海岸邊坐了非常久，直到太陽都快下山了，看著遠處的夕陽，我差一點跨出那一步。」他搓搓臉，將臉埋在手掌心裡，停頓了幾秒，「接近爸爸媽媽的那一步。」

「王易翔……」

「就算我知道爸爸媽媽不會希望我這麼做。」他低下頭，「那個強烈的衝動，會讓人失去了判斷，只想往自己眼前的那片大海去……」

「那……那次，結果你……」王易翔的話讓我很震驚也很心痛，話說得語無倫次的。因爲我從來沒有想過會從王易翔的口中聽到這樣的想法，他是這麼開朗又這麼陽光的男孩，從前的他不可能會有這樣消極的念頭，但……

我吸吸鼻子，甚至不敢想像原來自己在那個時候，差點就眞正失去了他。當時他遭受了多麼大的痛苦，我卻什麼也不知道。雖然是他推開了我，不讓我陪在他身邊，但是，別說是在高中生的年紀，就算身爲大學生的現在，必須承受這些的生離死別時，心裡一定也很難承受。

莫默，妳眞是太不應該了。

當時的妳，竟然只想著告白，想送給他那個親手做的吊飾，想約他去看一場屬於兩個人的愛情文藝片，如果確實是爸爸造成的後果，那麼王爸爸離開人世、王媽媽自殺的結果，就是連鎖反應。他面對我的時候，可想而知會有多麼大的憤怒。莫默，但是無知的妳竟然還因爲他的舉動，覺得莫名其妙，怪他的脾氣轉變太快。

莫默，就是妳那自以爲是的無知，傷害了妳和王易翔之間的回憶與默契。

他將臉深深埋在他的大手裡，「當時想起了一個念頭，想起了讓我收回了跨出的步伐的唯一念頭。」

「想到了王爸爸、王媽媽嗎？」

他深深吸了一口氣，「嗯，還有……我想到的那個人是妳。」

我看著他，這才終於知道爲什麼再次遇到他的時候，總會在他的眼裡、表情裡看到一種悲傷的情緒，即使擔任學生會長的他總是意氣風發的樣子，儘管笑著的時候，笑容一樣好看，但是那種悲傷又掙扎的情緒，又總在不經意的時候表現出來。

我搖搖頭，給了他一個微笑，眼眶卻熱熱的，「對不起。」

「是我對不起妳，這件事情原本就與妳無關，我卻……」

我點點頭，忍不住緊緊地抱住他，「眞的對不起，也謝謝一直有你在。」

明。

「同學，這些都可以免費索取唷。」我對著走過去了兩位男同學以及一位女同學說

我和珮琪坐在長條桌後方，看著人群漸漸湧入的操場，看起來除了校內的同學外，好像也有滿多外校的同學，不管穿著或是外型打扮，都滿時尚的。

「看吧，校慶是另一個聯誼高峰會。」群志學長拉了椅子，坐在珮琪旁邊的位置，笑笑地看著我，「不僅帥哥不少，正妹也多。」

「確實。」我笑著，看向操場。

「今天有比賽嗎？」

珮琪不好意思地笑了一下，「我沒有耶，從小運動神經就不怎麼發達。」

「幹嘛這麼說？」

「那莫默呢？有比賽嗎？」群志學長問我。

「十一點半的四人接力，還有下午的大隊接力。」

「大隊接力……」群志學長翻了一下校慶賽務手冊，嘴裡念念有詞，「喔，我還以爲跟我們同時段，我們是第一場，你們在第二場。」

我好奇地站起身，走到群志學長身旁，看著群志學長指著的部分，表格裡寫著預賽

順序，「嗯。」

「所以努力進入決賽吧。這次是男女混合大隊接力，說不定我們班和你們班比賽時，我們剛好會在操場上相遇咧。」

我點點頭，笑了一下，「有可能。」

「是啊，我們不會手下留情的。」

「對啊，自相殘殺是必要的。」我笑了，但是因爲群志學長的注視而覺得不自在，我拉拉口罩，「怎麼了？臉上有飯粒？」

「剛剛看妳戴眼鏡，以爲是眼睛不舒服，現在近看才發現，眼睛怎麼腫腫的？」

「心情不好喔？該不會是哭了吧？」

我尷尬地笑了，低下頭猶豫該找什麼藉口，不敢再直視群志學長，假裝看向別的地方。沒想到戴眼鏡還是被看出來了，「沒啦，大概是有點過敏或感冒的關係，昨天晚上猛擤鼻涕又猛流眼淚，應該一下就好了。」

「嗯，保重啊，小學妹，但儘管如此，下午的大隊接力依然不會放水。」

「誰要你放水了？」我忍不住反駁，然後笑著結束了這個話題。我偷偷摸了一下腫腫的眼皮，希望待會兒比賽的時候可以消掉一些。

這幾天心情都不怎麼好，雖然終於知道了阻礙在我和王易翔之間的事，雖然面對面地談了，但也讓我終於稍稍看清楚自己和他差距。

我一直睡不好，或者睡著了的時候，總是做一些奇怪的夢。像是夢見了小時候一群玩伴在眷村玩樂的樣子，一下子夢境又來到了長大時的情景，還有王易翔那忽冷忽熱的態度。有一次，在夢裡，他甚至在我面前，先是給了我一個非常溫柔的笑容，轉身就跳進那無垠的大海裡。

「對了，學長，那會裡的學長，不是有幾位都同班，所以都會一起上場囉？」珮琪好奇地問。

「對啊，我跟阿翔、還有文宣組的兩位學姊、學長都有參加大隊接力。」

「哇，眞的好像自相殘殺。」

「所以才說不會隨便放水嘛。」

「哈，還請手下留情。」我笑著。

「不過別說我這運動健將，其實光有阿翔一個人勝算就很大了。」群志學長站起身，拿了兩瓶運動飲料給站在我們攤子前的學弟，再回到座位上，「那傢伙人帥就算了，功課好也就算了，就連運動神經也是一把罩，上天眞的很不公平。」

「對啊。」群志學長的話，讓我忍不住點了點頭。其實這件不公平的事我早就有深刻體認，好像從有王易翔這個人的存在開始，這個不公平的定律就一直存在。

「對嘛，誰說男人是視覺的動物，我看女生也是一樣。」群志學長哼了一聲。

「學長，美好的人事物總是特別吸引人的。」珮琪把一張椅子拉到我前面，示意要我坐下。

「這樣說也有道理，」群志學長點點頭，「對了，我突然想到，之前阿翔會還沒開完就跟老師說有什麼重要的事情，從沒看他這麼著急擔心過，後來問他，才知道和妳有關。那天沒事吧？」

我吸了一口氣，「沒事。」

「聽說是拜訪廠商遇到麻煩？」

聽了群志學長的話，我尷尬地笑了一下。先看了珮琪一眼，再看向群志學長，「事情過了就算了，就是遇到不怎麼優的廠商，被嚇壞了。」

「這件事情都怪我啦！」珮琪拉著我的手，一臉抱歉的模樣，「就是我們拜訪到最後一家廠商前，我突然有點不舒服，所以先離開了。」

「不怪妳。」我抿抿嘴，認眞地看著至今說了不下十次抱歉的搭檔，「是我自己貪快，想說找不到人陪，自己去碰碰運氣也可以，卻沒有想到對方喝了點酒，有點……毛手毛腳的。」

「太危險了，莫默，千萬別再讓這種事情發生。」群志學長嚴肅起來，深深地皺起眉頭，平常嘻嘻哈哈的他鮮少有這樣的表情，「再怎樣也不可以冒險。」

我笑著，將手放在眉間，「遵命，不會再有下次了，我嚇都嚇死了。」

「難怪，我還想說發生什麼事情，王易翔那個工作狂竟然放下會議先走。」

我想起王易翔那張焦急的臉。

「不過，先別論你們的交情啦，妳是他推薦保證的人選，他當然緊張。」

「什麼推薦保證的人選？」丟出問句的同時，正好看見林聿飛正往我們這裡走來。他打了招呼之後，拉了一張椅子坐在我身旁。

「你不是下一班次的嗎？」我看了看手錶，「還有一個多小時……」

「也沒什麼事，來跟大家聊聊天。」林聿飛笑咪咪的，把他的背包放在一旁。

「我看你根本就是想來找莫默聊天吧。」群志學長搥了林聿飛的肩膀，一樣笑咪咪的。

「不是啦！應該是失眠，睡不著才早起的。」我瞪了他一眼，然後想起剛剛的疑惑，「學長，剛剛你說什麼推薦保證的人選？」

群志學長聽了我的問題，一臉驚訝，「我的天呀，別說妳不知道耶。」

我皺皺眉，然後搖搖頭。

「這麼表情看起來，還真的不知道。」群志學長拍拍自己的額頭，「天啊，這個爆料又要算在我頭上了。」

我看著群志學長，雙手合十地請求他，「學長……」

「好啦，就是甄選之後的那幾天，指導老師找了負責面試的幹部開會。」群志學長突然像想到什麼，「先說好，這些話聽聽就算了，也別再追究什麼誰怎樣喔。」

「好。」林聿飛、珮琪和我這次倒是很有默契。

「玉靈她們極力反對讓妳加入，她們的理由是覺得阿翔在面試時提出的點很有道理。」

我回想起面試那天，猜想應該是王易翔說了他很了解我的定位，覺得我不適合加入學生會的話，「嗯……」

「原以爲討論到妳的時候，阿翔也會投反對票，沒想到最後卻來個大轉彎，他竟然向老師和大家推薦了妳。」

我吸了一口氣，對於這個內幕受寵若驚，畢竟那時候王易翔冷漠得讓人害怕，還千方百計想勸我別想加入學生會，就連甄選名單的結果公布，他也要我放棄。但沒想到，在玉靈學姊投了反對票時，王易翔反而幫了我，還替我向大家做保證。

現在想想，我終於能夠明白爲什麼玉靈學姊對我好像不只是「不順眼」的討厭而已了。

「哇，這王易翔是不是人格分裂啊？」林聿飛也驚訝地說，「面試那天，我也是親耳聽見他勸妳別參加的。」

「你不懂啦，根據我對他的了解，我想他一定有他的想法與考量。」

「時間差不多了，珮琪，妳先跟我去辦公室一下。」

「喔，對喔！剛剛說要去拿廠商贊助表和聯絡資料。」

「要我去嗎？」群志學長和珮琪的討論將我拉回現實。

「對啊，還是我去拿？」林聿飛熱心地說。

「不用，想說趁著聿飛在，這樣莫默一個人也不會忙不過來，你先在這陪莫默好了。」群志學長站起身，拿了桌上的辦公室鑰匙。

「喔，反正我也沒什麼事，等等就跟著接班。」

看著群志學長和珮琪走遠的背影，我把椅子拉好，正面朝著攤子外，看到操場有好幾位選手，好像準備爲即將開始的鉛球比賽做暖身。

「莫默，後來，心情好多了嗎？和王易翔把話說清楚了嗎？」

我看著他，點點頭，「我想，我能了解他爲什麼對我的態度反反覆覆了。」

「喔？」

「就像玉靈學姊說的那樣，那件事……」我又看向操場中央。

「想這麼多幹嘛？」林聿飛也跟著我看向操場，「雖然我不願意這麼講……」

「什麼？」

「算了，當個君子吧！」林聿飛苦笑了一下，「如果彼此之間是眞愛的話，其實不管有什麼誤會或是恩怨，我相信都會有改變的機會。」

我看著認眞的林聿飛，「是這樣嗎？」

他點點頭，給了我一個溫暖的笑容，「當然。」

看著他溫柔的笑容，我想起那天在圖書館後面時，他說他隨時都在的樣子，「謝謝你，還有那天。我發現好像總在我不開心的時候，你都會出現。」

「我說過，只要妳不嫌煩，我都會在的。但是，有件事情，我心裡一直很在意。」

「什麼事？」

「我想對妳說聲抱歉，拜訪廠商那天，巧鈴打了電話給我，當下沒有接到，事後回電，才知道她想問我有沒有空陪妳。後來我立刻打電話給妳，但打了兩通都沒有接聽，晚一點，就直接轉進了語音信箱……」

我感到抱歉，笑了一下，「當時手機沒電，我竟然沒發現。」

「老實說，我很擔心。這麼重要的事情……」林聿飛很懊惱地抓抓頭。

「放心，眞的沒事，」我看著他，因爲他的擔心而覺得暖暖的，「謝謝你，你眞是個好朋友，不愧是歃血爲盟過的兄弟。」

「我眞的很懊惱。」

我笑了笑，「沒事的。」

「對不起。」

「林聿飛，是朋友就不要說什麼對不起。」我給了他一個微笑，「再說，這也不是你的錯，完全是我自己的關係。」

「我聽巧鈴說妳後來提到這件事情還哭了。妳哭成那樣，現在還回過頭安慰我。」

「當時的確嚇到了。」突然颳起了一陣風，似乎有灰塵被吹進了我的眼睛，「唉呀……」

「怎麼了？」

「好像有沙子飛進眼睛了。」

「我幫妳看看，我抽張面紙。」

我把眼鏡摘下，放在腿上。

「喔，有……」他小心翼翼地幫我把眼皮撐開，細心地用面紙替我沾去眼睛裡的異物，「眨眼睛看看，還感覺不舒服嗎？」

我聽話地眨了眨眼，「好多了。」

「那就好。」他滿意地點點頭。

「眼睛還是有點怪怪的，應該沒有變成殺紅了眼的……」我開起玩笑。

「放心，並沒有，再說就算妳成了殺紅了眼的殺人魔，妳在我心中的女神地位，一樣不會改變。」

噗哧地笑了出來，「愛開玩笑耶你。」

「句句屬實。」

「倒是第一次有人這樣形容我，你太好心了。」我帶著笑意，搥了一下林聿飛的肩，近視的我因爲察覺到有人走到我們的攤位，急忙戴上眼鏡，發現站在攤位前的人是王易翔。

「學長，你來探班喔？」林聿飛笑笑地和王易翔打了招呼。

「群志說他們還需要一點時間，要我過來看看。」王易翔回答林聿飛的問題時，還看了我一眼。

「太棒了，那學長先請你留在這兒一下，我去裝個茶。」林聿飛站起身，晃晃他手上的保溫杯。

看著林聿飛走往體育室，王易翔走到我身旁，坐下時，拉了我一把，示意要我一起坐下，「心情好一點了嗎？」

「嗯……」

「討厭的事情，忘記吧。」

「好。」我看著他，然後轉頭面向操場。

「剛剛看妳和林聿飛相處的樣子，就感覺是心情好一點了。」他笑了一下。

「林聿飛很有趣，本來就是個滿不錯的人，和他聊天很開心。」正好有人走到攤位前，於是我遞給那兩位同學兩瓶礦泉水，再次回到座位。我指著眼睛，原本想冷漠地回應他的，又忍不住解釋清楚，「剛剛……有沙子飛進眼睛裡了。」

「嗯，我看到了。」

「所以請他幫我……」

「我知道。」他點點頭，「我還知道他說你在他心目中女神的地位不會改變。」

「不、不是啦……他……」不知道為什麼要解釋，卻很用力地想說明。沒想到，愈想解釋清楚，話就說得愈語無倫次，「總之，他就是喜歡說這種誇張的玩笑。」

「那不是誇張的玩笑。」他抿抿嘴。「他是認真的，那句話。」

「怎麼可能？」我睜大了眼睛。

但是看著王易翔臉上認真的表情，那一瞬間，我真的差點被他說服。突然想起那天和玉靈學姊約在圖書館後面時，她提到林聿飛喜歡我，「怎麼可能，他就愛這樣鬧我，如果我是他的女神，全天下的女孩就都是他的女神了。」

他俐落地站起身，拿了長條桌上的三瓶礦泉水遞給三個有點害羞的女孩，「需要都可以過來拿。」

「謝謝學長。」

「比賽加油。」王易翔給了她們一個微笑，準備走回座位時，又因為她們叫了一聲「學長」，而轉身看向女孩們。

「還有什麼事情嗎？」

三個女孩互相拉扯了好一下子之後，比較玲瓏可愛的那位女孩往前站了一步，終於開口說話，「她想問，請問學長有女朋友了嗎？」

王易翔哈哈地笑了，又給了她們帥死人不償命的微笑，「有。」

原來，爲了他考上這所大學、爲了他加入學生會，爲了靠近他、爲了讓他看見我……在我做了好多的努力之後，其實，他已經有女朋友了。

所以，對他而言，莫默這個人的存在充其量只是青梅竹馬的老朋友，喔，應該是因爲某個事件而漸行漸遠的青梅竹馬而已。

三個女同學喪氣地離開了學生會的攤位。王易翔坐回剛剛的位置，還跟我講了幾句話，不過我一句也沒有眞正聽進耳裡。

他剛剛是承認自己有女朋友了？

對，我聽得千眞萬確，我聽見他說他有女朋友。

莫默，那妳還在努力什麼？再怎麼努力，也不能改變他有女朋友的事實。

莫默，妳這個傻瓜，所以剛剛他說的話，根本不是因爲我和林聿飛的互動而吃醋，他只是隨口說說而已，而他最近偶爾對妳好，甚至因爲妳去拜訪廠商而遇到危險而擔心的神情，只是對待一個老朋友的好罷了。

他回到座位，湊近問我，「發什麼呆啊？」

我回過神來，吸了一大口氣，微微挪動身子，「沒什麼。」

「莫默，妳也太神了。」我四人接力的隊友之一，平常很少交集的同班同學彩均，用肩膀頂了我的手臂一下。

我用力地喘著氣，腦袋還來不及運轉，唯一想到不是前一刻拿到的冠軍榮耀，竟然是之前跑回宿舍時，王易翔說我太久沒運動。

「對啊，莫默，妳根本豹的能力大爆發。」另一個隊友笑著，對我比了一個「讚」。

「哪有，只是覺得只差一點、只差一點，馬上就拚過去了。」我笑了一下，還是有些喘，覺得那個當下實在有點不可思議，「那時候，眼前唯一關注的就只有那條終點線。」

「妳好棒喔。」遠遠地，巧鈴衝了過來，一把開心地把我抱住，又拉著我的手，差點拉著我轉起圈圈。

「運氣。」

「哪是運氣！妳超快的，很快超越了其他隊的最後一棒，原本第三的耶，立馬搶到第一去。」

「把莫默換到最後一棒是對的。」短頭髮外型滿中性的第一棒文玉對我挑著眉，臉上有著和我們一樣開心又興奮的成就感。

「眞的是運氣。」我笑了一下，因爲已經漸漸緩和下來，我接過巧鈴遞給我的礦泉水，打開瓶蓋，喝了兩口，「也許其他隊改變策略，把最不會跑的放最後一棒。」

「太謙虛了啦。」林聿飛不知何時出現在我後方，又把一瓶運動飲料從我頭頂放在眼前晃呀晃。

快快地轉身，我搥了林聿飛一拳，「幹嘛嚇人？」

「哪有嚇人啊？」林聿飛笑著，突然輕輕地抱了我一下，「巧鈴有抱抱，我也要抱一下。」

林聿飛突然的舉動，嚇了我一跳。但是因爲得到冠軍的歡樂，讓我沒有多想什麼，我拍拍他的肩，「謝謝你爲我加油，不過眞的是運氣好。」

「過分的謙虛是虛僞。」他鬆開了我，看著我笑著說。

「誰過分謙虛了？」我瞪了他一眼，然後坐在椅子上，彎下腰綁了鞋帶。

「有本事謙虛是很神氣的事。」林聿飛聳聳肩。

「對啊，林聿飛說得沒錯。」巧鈴點點頭，一副很認同的樣子。

我白了巧鈴一眼，心裡覺得她很少這麼認同一個人，「我覺得比較厲害的是大家啦！」

「不過妳爆發的速度無人能敵。」

「沒有，但還是覺得開心，因爲這是我們大學以來的第一仗，第一個冠軍。」

「乾杯。」幾個人高舉著手上的寶特瓶，開心地互相敲了一下。

「希望我們接下來的個人賽、團體賽也能帶來佳績。」

「沒錯。」我又敲了一下大家手中的寶特瓶，「大家還有其他比賽嗎？」

其他兩個人在異口同聲地說完「沒有」之後，還很有默契地搖了搖頭，但只有文玉點點頭。

「明天還有三千公尺長跑。」

「文玉，妳超強。」我不禁讚嘆。

「對啊，短跑這麼威，長跑也行。」巧鈴幫腔。

「這不算什麼，大家都辦得到吧？」

大家又很有默契地一起點點頭，我說：「我不行，長跑可以，要拿名次太難。」

「大家要不要參加的問題啦。」文玉揮揮手，突然吹來的風，把她的短髮吹得亂亂的。

「文玉，妳不是要去教室一趟？要不要現在去教室拿？」

「拿什麼東西？」我問。

「文玉的臂套，說先拿著，免得下午大隊接力完就忘了拿，明天三千公尺比賽要用的。」

我點點頭，「長跑的時候，有音樂的陪伴，確實會開心很多。」

「對！」文玉誇張地看著我，一副找到知音的樣子既好笑又……帥，「就是需要音樂。」

再次點點頭，表示極度的認同，「有音樂的話，感覺前面的跑道或路程，完全都是撒著花的。」

「最好是撒著花。」巧鈴看了我一眼，帶著曖昧的笑。

然後我立刻讀出了巧鈴笑裡的含意，她其實是想消遣我那是因爲有王易翔陪我跑步的關係。

「本來就是。」

「好啦，我們先去拿，下午三點，大隊接力前的集合見囉。」

大夥兒說了再見，我打開剛剛林聿飛拿來的運動飲料，很豪邁地喝了一大口，「希望大隊接力跟我們這場比賽一樣，先是進入決賽，然後明天得冠軍！」

巧鈴和林聿飛也拉了椅子，三個人面對面地坐著，巧鈴也喝了一口水，「一定會的，怎麼可能不進入決賽。」

「我也覺得，我甚至覺得拿到冠軍是必要的。」

「這麼有信心啊？」我瞪大了眼睛，看著眼前穿著運動服的林聿飛。

「老實說，我原本滿擔心的。」

「擔心什麼？」巧鈴和我瞪大了眼睛。

「我擔心被莫默妳們這幾個扯後腿，喔，可能是我們幾個男生滿擔心的。」

「欸，人身攻擊喔。」我又搥了林聿飛一拳。

「不是啦，誰叫妳們看起來一副很不牢靠的樣子。」

「哪有不牢靠，」巧鈴皺皺鼻子，「我雖然不像莫默她們這麼會跑，但也不差的。」

林聿飛舉起了雙手，「對不起，我投降了，不小心說錯話。不過，眞的沒有什麼意思。」

巧鈴滿意地點點頭，「看在你還滿誠懇的樣子，就原諒你。」

我帶著笑意看眼前這兩位好朋友一搭一唱，突然想到剛剛提到的大隊接力，「不過，大隊接力要拿冠軍，好像不怎麼容易耶！」

「怎麼說？」林聿飛拉起笑臉，認眞地問。

「因爲決賽時，一定會遇到社會系二年級，很多體育保送生的那班，勝算有限。」

「對喔。」巧鈴聽了，也認同地點點頭。

「那也不一定，大二社會系那班是有很多體保生，但並不代表其他隊友的運動神經一樣發達，這是以偏概全的想法。」林聿飛聳聳肩。

「可是他們的勝算就是很大。」

林聿飛思考了幾秒，「勝算很大是沒錯，但不見得一定贏我們。」

「就事論事啦。」

「那妳們知道，但其實大一的時候，那班只拿到第二名嗎？」

「第二名？」巧鈴和我的聲音飆得高高的。「冠軍那班也太神了。」

「那班的確很神。」

「對啊，那班怎麼這麼厲害？」

「我怎麼知道！」林聿飛攤攤手。

我笑了笑，真心覺得那真的很強。

「重點來了。」林聿飛聳聳肩，帶著神祕的微笑，「第一名就是王易翔和志群學長那一班。」

「哇塞，真的假的？」

聽了林聿飛的話，我由衷佩服。一般說來，有時候一個班級只要有幾個體育保送生，其實幾乎是穩穩的冠軍相，何況聽說大二社會系那班體保生有七個，這根本就是冠軍相中最具冠軍相的。

「原來王易翔他們那班這麼強。」

「對啊，運動對王易翔來說，確實是強項沒錯，但是大隊接力這種不安定因素太多，每個上場的人都是不安定因素。」我隨口說說，沒想到不只是巧鈴，連林聿飛都認真地聽我說話，「你們幹嘛這麼認真？」

「太有道理了。」

我尷尬地笑了一下，「其實這是國中時田徑隊老師說的啦。」

「好有道理。」

「對啊，很有道理。」我哈哈地笑了，「所以希望今天下午的大隊接力，我可別成爲不安定因素。」

「小姐，會不會太杞人憂天，剛拿下冠軍的選手耶！」

「哈，不安定因素之所以叫做不安定因素，就是很難預測。」

林聿飛點點頭，看起來眞的很認同，「盡力就是了。」

「對啦，不管第幾名，最重要的就是參與的感覺，我覺得這最重要。所以……」巧鈴話說到一半，手機鈴聲突然響了起來，她接起電話，然後說了幾聲「喔喔」之後，就掛斷了電話。

「怎麼了？」我好奇地問，我知道那是巧鈴男朋友的專屬來電鈴聲。

「他跟幾個朋友過來找我，在校門口了。」

「快去。」

「那中午就不一起吃囉？」巧鈴抓了自己放在長條桌上的寶特瓶，「或者我們保持聯絡。」

「嗯，好。」我揮揮手，看著臉上都是高興表情的她。

「巧鈴和她男朋友感情很好喔？」看著巧鈴離開的背影，林聿飛笑著問。

我瞇起眼，看著林聿飛，「對，代表你沒機會了。」

「喔，拜託，我不是這個意思。」

「開玩笑的。」我笑了一下，「巧鈴和她男朋友眞的感情很好，是班上不少同學羨慕的對象。」

林聿飛思考了一下，不知道在想些什麼，「一段好的感情的確令人夢寐以求。」

我點點頭，「非常夢寐以求。」

「其實，要是妳願意看看別人，也許也會遇到一段令人羨慕的感情，儘管那個人也許沒有王易翔優秀。」

我看著表情好認眞的林聿飛，「之所以喜歡王易翔，又不是因爲他優秀而已，我不是非要一段令人羨慕的感情。」

「我當然懂。」林聿飛點點頭，「我只是想說，如果妳願意看看別人的話。」

我看向操場，鉛球比賽好像已經分出了勝負。有一種歡喜和落寞交錯的感覺，就像愛情一樣，總是會有幾家歡樂幾家愁的情況，我吸了一口氣，「可是眼裡已經習慣注視著某個人，心裡已經長久住了那個人，怎麼看別人？」

林聿飛先是認眞地看著我，幾秒後給了我一個大大的笑容，然後拍了我的頭，「怎麼這麼認眞？」

「因爲覺得很難。」我呼了一口氣。

「不然，莫默……可不可以試著看看我？」

我不解，微微皺起眉，「看看你？」

「對，就看看我。」

他的話說得很誠懇，表情更是比我想像得還眞誠。在那短短的一秒內，我幾乎以爲他所說的每一句話都是認眞的。不過看著他突然冒出的笑容，我知道自己差點被他開了一個玩笑。我搥了他一拳，「好會演。」

他哈哈地笑了，「我只是忘了告訴妳，本人曾經也是話劇社的強者。」

我皺皺鼻子，「相信你就糗了。」

「是啊，肯定被我當成笑柄。」他聳聳肩。

「幸好。」我故意說得誇張，以應付他的玩笑，但其實是想安撫自己差點當眞的混亂心情。

當然不是怕被當成笑柄，而是不希望和林聿飛之間有超過太多好朋友感情的……其他感情。

大隊接力，對我而言好像比早先的四人接力要來得緊張，不知道是因爲剛剛拿了冠軍的關係，還是因爲在意很多體育保送生的那一隊。總之，和其他的同班同學在休息區暖身時，我和大家一樣，都覺得很緊張。

「大家加油。」班代抓著手上的紅棉帶，激起大家的鬥志。

「加油！」

「這些紅棉帶，再請每個人都綁在左手手臂，上場的同學方便在跑道上分辨敵我，在場邊加油的同學也可以當成是我們的班級象徵。」班代邊說，邊將手上的紅棉帶發下來給大家。

林聿飛綁在自己的右手手臂，還貼心地幫巧鈴和我綁好，也順便幫幾位同學的忙。

「迎向勝利！」

「迎向勝利！」班上幾個人的聲音，大概是因為信心滿滿的緣故，齊聲喊得響徹雲霄。

我看著眼前鬥志很高昂的同班同學，也開始興奮起來，希望等一下的自己，能夠像四人接力時那麼幸運。

跟著隊伍走往大隊接力報到的地方，快到報到處時，負責大隊接力簽到的同學要我們盡量靠邊走，以免影響正在進行的比賽。我這才驚覺上一場比賽還在進行，才這麼想著，就看到右手邊剛剛換手交棒的大男孩很快地迎面跑來，奔馳在最內側的跑道上。我停下腳步，望向大步大步地往前跑著的王易翔。

很久沒看見這樣的他了，為了比賽奮力地往前衝的模樣。

以前很喜歡看他為了比賽在跑道上跑著，不管是短跑時的速度感，或是長跑時的優雅姿態。

從前我其實是沒有這麼喜歡跑步的，一開始是因爲他的脅迫加鼓舞，漸漸地，習慣了和他一起並肩或是一前一後地跑著，最後跑出了成就感，才發現自己好像眞的還算「能跑」。記得以前爸爸媽媽很誇張地要我稱呼王易翔爲「老師」，還說是王易翔這位啓蒙者讓他們的愛女跑出了沉睡中的自信，跑出了屬於自己的一片天。國中家庭運動會時，他們看見自己的女兒在跑道上這麼威風，才眞正確定平常時候說自己短跑速度有多快的莫默完全不是吹噓。

我看著跑道上的王易翔，他就像一匹奔跑中的羚羊，領先在前不打緊，可能前幾棒眞的強到拉開了整整半圈的速度，到了王易翔這一棒，已經快要有四分之三圈的差距。看著看著，我不自覺地握緊了拳，蠢蠢欲動的熱血感在心裡竄動，我告訴自己等一下也要拚命地往前跑，我想進入決賽，和王易翔他們班在明天的決賽相見。

「莫默，看哪個帥哥看到發呆？」

「喔，沒有啦。」

「該不會是在看學生會會長吧？」班上一個嬌小玲瓏的同學，順著我視線的方向看去。

因爲她的話，害我尷尬地苦笑了一下，隨便找了個藉口，「只是覺得他們班也領先太多了。」

偷偷瞥向跑道，發現王易翔好像已經交了棒，太強了。

「好，全到。」同學在表格上做了紀錄，「請各位同學到起點旁的棚子下準備，我們進行下一個班級的點名。」

於是，大夥兒又浩浩蕩蕩地走到指定的地點。我吸了一口氣，突然覺得愈接近比賽的開始，我又稍稍緊張起來了。

「加油。」巧鈴走到我身旁，勾著我的肩。

然後出現在我右手邊的是林聿飛，「對，加油，拿出妳的爆發力。」

「會的，」我看了一眼場上的大隊接力已經結束的情況，「看來王易翔他們已經拿到了初賽第一。」

「當然，剛剛那種差距根本不是常態。」巧鈴聳聳肩，「只希望我們進入決賽的時候，不要這樣對我們。」

我笑了一下，「巧鈴也太有把握進入決賽。」

「拜託，我們班也不是省油的燈。」巧鈴勾著我的手，微向前傾看著我旁邊的林聿飛，「林聿飛，對不對？」

「對，搞不好是我們以神一般差距在他們的前方。」林聿飛點點頭附和巧鈴。

「他們班這麼厲害耶。」

林聿飛咳了咳，「莫默，怎麼這樣長他人志氣，滅自己威風？」

「對啊，別因爲對方是心儀的對象就這麼沒信心好不好！」巧鈴皺皺鼻子。

我看著眼前這兩位好朋友，沒好氣地同意了他們的說法。

班上的隊伍，一直到我的前四棒，目前都還是處於第三的領先狀態。我扭動腳踝，習慣性地在跑步之前簡單地繼續暖身，在起跑線上的同學接了棒直接奔跑後，我也站上起跑線，告訴自己待會兒一定要比四人接力時更賣力。

接了棒，我起跑，照著以往的熟練習慣以及這次體育老師特別指導的方式接了棒，用最快的姿態大步向前，唯一的目標只有前面那位跑者。最後我超過了她，想繼續往第一位領先者前進，但是當我看見不遠處的隊友已經準備接棒，我快要超過第一位領先者時，右腳小腿竟突然抽筋。因爲太突了，我不小心跌了個狗吃屎，棒子滾到前方。我趕緊站起來，顧不得周遭驚訝的噓聲與加油聲，顧不得膝蓋以及手掌心先是隱隱的很快地變成劇烈的疼痛，我撿起接力棒，咬著牙忍耐地用半走半跳的方式把接力棒交給下一位隊友，「加油……」

「好。」那位男生很快地往前跑，跑之前還不忘回應我。

就在這個時候，我終於再次意識到傷口的疼痛，整個跌倒在跑道上。當我告訴自己不能倒在跑道上時，有一個臉上看起來比我還緊張的男孩蹲在我的面前，「莫默，來！」

「林聿飛……」我難過地看著他，那種難過是受傷的難過，也是覺得自己把比賽搞砸了的難過。

他對我笑了一下，然後把我抱了起來，當下，在滿滿的難過情緒之外，我竟然莫名安心感，然後還不小心想起了「英雄救美」這四個字，雖然我知道林聿飛也許是很多女孩心中的「英雄」，但是自己並不是那個「美」。

我還感受到場邊射過來的異樣目光，眞糟糕。

「我可以自己走。」我勾在他頸肩的手，拍拍他。

「受傷成這樣，還想自己走？」他連看都沒看我一眼，只是看著前方，往體育室的方向走去。

「可是大家都在看……我擔心……」

他看了我一眼，表情除了堅定之外，好像還有些什麼。「妳擔心什麼？」

「好多人在看，我……」

「爲什麼要這麼在意別人的眼光？」

「你不會懂的。」我皺緊眉頭，嘆了一口氣。

他又看了我一下，然後把目光移開，看著前方，一句話也不講。

「放我下來，你這樣會害我成爲全校公敵……」

「那我會保護妳。」他說話時，喉結動啊動的。

「林聿飛……」我知道自己說不動他，最後用無奈的聲音說話，「我真的好多了啦。」

「就快到了。」他直接走過體育館大門，快步地從一旁的小徑穿過，走到保健室前，敲了敲門之後沒人回應，於是推開半掩的大門，抱著我走到第二個病床前，把我放了下來。

「在這坐好。」

我點點頭，「我也沒地方去了，不過護士阿姨好像不在……」

「沒關係，這點小傷，我還會處理的。」

他抿抿嘴，看了我一眼，沒好氣的表情也滿好看的。然後他到一旁拿了簡單的藥品與用具，拉了一把折疊椅坐在我面前，把我的腳放在他的腿上，小心翼翼清洗傷口，消毒，接著蓋上繃帶、貼上透氣膠帶，接著再用同樣的步驟替我把雙手的傷口清洗乾淨、上藥。

「痛嗎？」他將沾了藥的棉花棒輕輕地沾在我手掌傷口上，「忍一下。」

「還好。」我看著他。

「休息一下再離開吧。」

「可是，我想去場上看看。」

「爲什麼？」他在我的傷口上蓋上紗布，然後貼上透氣膠帶。

「我希望自己沒有成爲那個不安定因素。」我苦笑了一下，想起老師說過的話，也想起今天在比賽之前跟他、巧鈴提到的。莫非定律就是這樣，因爲我確實成爲了大隊接力比賽的不安定因素，甚至有可能直接害得我們班與決賽無緣。

「聽起來，得失心滿重的耶妳。」他把紗布以及剪刀放回原處，「好不像妳。」

我挪動身子，看看手上的傷口包紮處，呼了一口氣，「因爲我想在明天的決賽遇到王易翔。」

看著他，我猶豫該怎樣表達自己的想法，「因爲我眞的很想和他參加同一場比賽，在同一場比賽的跑道上，那怕是不同棒。只可惜，我因傷坐冷板凳了。」我摸摸自己手掌的紗布。

「會有機會的。」

我又呼了一口氣，苦笑了一下，「希望。只是，不知道我們的初賽冠軍有沒有被我搞砸。」

林聿飛看著我，然後從褲子口袋裡拿出手機，按了密碼解鎖，遞給我，「要我打呢？還是妳親自打電話給巧鈴？」

「借我好了。」我接過手機，按下巧鈴的手機號碼，但是響了好幾聲，在我以爲即將轉進語音信箱時，巧鈴接了起來，「巧鈴？」

「莫默，妳還好吧？」

「嗯，沒事了，比賽呢？」

「哈，正在登記資料，確認事情，想說結束後到保健室找妳。」電話那頭的巧鈴，用雀躍的聲音回應我，卻忽略了我最關心的問題。

「喔，那比賽呢？」

「比賽？初賽冠軍是一定要的，不然就辜負妳這位大功臣了。」

「妳說……妳說什麼？」我以爲自己聽錯了什麼。

「我說決賽是絕對要的。」巧鈴哈哈大笑。

「妳是說進入決賽了？」我驚訝得跳下床，忘了膝蓋的傷口，「唉唷。」

林聿飛俐落地扶了我一把，「小心。」

電話那頭的巧鈴再次大聲地笑著，我甚至已經微微聽到電話那頭傳來的聲音，「妳聽到沒有？大家都在說妳超威的。」

「大家沒有怪我吧？」我看了林聿飛一眼，問出自己最擔心也最在意的問題。

「幹嘛怪妳？」

「因爲我的失誤……」

「沒有，反而覺得妳超越了前面的領先者實在太強了。」

「眞的嗎？別安慰我了。」

「拜託，我的大小姐，我騙妳幹嘛。」

聽了巧鈴的話，我鬆了一口氣，「那就好。」

「在妳之後，我們一直保持領先，雖然倒數第四棒時稍稍落後了，但是這不影響，後來都追回來了。我們都知道必須把妳的份一起贏回來，所以大家拚了命拿到冠軍。」

「大家好厲害。」我嘴角掛著笑，不自覺地。

「厲害的是妳，莫默，妳激發了班上好多人的潛力和鬥志。」

「眞的嗎？」因爲巧鈴的話，我覺得有點驚訝。

「當然，幹嘛騙妳？」

「大家好包容我。」

「喔，對了，妳的包包在我這裡，剛剛手機響過，」巧鈴笑笑地說，「我幫妳接了電話。」

「誰打的？」

「妳最在意的王易翔，他也很關心妳。」

「是喔……」聽巧鈴這麼一說，我突然想到剛剛林聿飛一把抱起我的時候，王易翔似乎正好在旁邊。

「好啦，先不講了，其他人去比賽了，我幫忙班代塡一下我們班資料，妳要跟我保持聯絡喔。」

「喔，好。」明明知道巧鈴看不到，我還是習慣性地點了點頭。

「晚點見。」

「晚點見。」我正準備掛電話，巧鈴又喊了我的名字。

「林聿飛陪著妳吧？」

我瞄了林聿飛一眼，「對啊。」

「他剛剛超帥的，二話不說地一把抱起妳，妳知道現場有多少顆玻璃心破碎了？」

「妳很誇張耶……」我沒好氣地說，偷瞄了林聿飛一眼。由他的表情看來，我知道他一定聽得很清楚，「拜拜。」

掛了電話，我將手機遞給他，「謝謝。」

「不客氣。」他接過手機，放回口袋，「不客氣，進入決賽了吧？」

「對，好高興，聽起來大家並沒有責怪我。」

「我想也是。」

「還好，鬆一口氣了。」

「眞的想太多了。」

「就是擔心。」我笑了一下，確實放心不少。

林聿飛背著我，不管我怎麼好說歹說他都不聽，一股腦地蹲在我前面，要我讓他背著。

「要吃什麼晚餐？」

「晚餐？」我輕輕地將頭靠在他肩上，「你要這樣背著我去吃嗎？」

「還是妳有更好的方法？」

「不是啦，這樣背著我太顯眼，覺得尷尬。」

「幹嘛這麼在意別人的目光？」

閉上眼睛，我思考著他的話，發現自己確實很在意別人的目光。

但是又想，剛剛在操場時，他不顧全場師生、校內校外同學的目光抱起我的那一刻，其實我已經成爲全民公敵了。現在這樣又算什麼呢？只是……此刻的尷尬感覺還是不斷湧上。

「我眞的可以自己走。」

「那我戴個安全帽好了，避免妳感到不舒服。」

我忍不住噗哧地笑了出來，「這樣我怕有更多目光關注你，把你當成怪叔叔處理。」

「終於笑了。」

「終於？」

「是啊，從剛剛跌倒到現在的第一個笑容。」

「是這樣嗎？」

細細思考他的話，我輕輕地將臉靠在他的肩上，因爲不知道該說些什麼，於是我打算用安靜的方式取代回應。

「所以我們要去校外吃，還是妳在宿舍等我？還是……」

「還是？」

「算了，我們先搭計程車回我住的地方。」

「爲什麼？」

「妳在我住的地方等我。」

「然後呢？」

「我去買晚餐回來一起吃。」

「不用啦，太麻煩了。」

「一點都不麻煩。」他朝著校門口的方向走去，背對著紅色的已經快要下山的夕陽。

「林聿飛，」我深深地吸了一口氣，「不用這麼麻煩啦，我還是回宿舍好了。」

「我會讓妳回宿舍，但至少吃完晚餐。」

我知道說不動他，「好啦。」

「那別搭計程車了，你不是有騎車嗎？」

「我怕妳坐機車不舒服。」

「不會啦。」我輕聲地說，正巧看到迎面而來的三位女同學投過來的討厭目光，「到停車場把車子騎回去吧，這樣才方便。」

「眞的不要緊嗎？」

「不要緊。」我稍稍聽到那三個打扮得好漂亮的女同學討論著我們，大概在說那個人就是林聿飛，怎麼背著那個女生什麼的。「膝蓋上的舊傷……也不少。」

「是喔？」

「是啊。小時候就常常跟著王易翔他們東奔西跑、爬圍牆幹嘛的，當時那段日子，現在想想挺懷念的。」

「原來妳的小時候也和我一樣粗魯野蠻。」

「當然。」

「小時候雖然讓人懷念，但可惜時光永遠不會倒流。」林聿飛走進停車場的區域，「別說是小時候，就連昨天……我們也回不去。」

「是啊。」我苦笑了一下，「也許就像王易翔和我，好像彼此之間仍然存在著某些默契，也有著某些熟悉感，但是兩個人之間似乎總有個結難以解開一樣。」

「到了。」他小心翼翼地把我放了下來，「等我一下。」

「好。」我站在一旁，看著他拿好安全帽，然後先幫我戴上，在他牽出機車，我想跨坐在後座時，我才發現因爲膝蓋受傷的關係，眞的不太容易辨別。

「我抱妳。」

我拉住他的手，「不用了，我自己來。」

「莫默……」他擔心地看著我。

「我可以。」我苦笑了一下，跨上他貼心地壓得很傾斜的機車，「好了。」

「先送妳回我住處，我再去買吃的。」

「好，謝謝。」

「吃個甜點。」他體貼地將桌上的晚餐收拾好，然後從冰箱拿出兩個甜筒，一個放在我面前，「巧克力薄荷口味。」

「甜筒……」我接過他貼心地撕開包裝的甜筒。

「曾聽妳說以前小時候心情不好時，王易翔會買你們巷口老伯伯賣的冰淇淋給妳吃。現在沒辦法買到從前吃的那種，拿這個替代。」他又坐了回去，在我面前撕開自己的包裝，咬了一口。
我也吃了一口，「這種小事情，你還記得。」
「嗯，因爲我在意。」
我看了他一眼，給了他一個微笑，「謝謝。」
「原本下午想買，但想想妳剛運動完，也大概沒有心情，所以，現在吃，也算是爲今天畫上一個美麗的句點。」
聽了林聿飛的話，我沒有回應什麼，只是自顧自地看著手中有著綠綠的顏色以及黑黑巧克力的甜筒。
這個組合，一直以來都是我最愛的口味，而冰淇淋則是可以讓我汙濁不明的心情雲開見日的祕密武器。看著手中的甜筒，我想到了王易翔。
雖然我和王易翔很明顯地再也回不到過去了，但是此刻的我突然覺得就算時光無法倒轉，唯一能延續的，就是一個一個的回憶堆疊，以及藏在回憶裡的小細節與感動。
就像巷口老伯伯的冰淇淋一樣，是王易翔和我之間的聯繫，也像我和他之間一起經歷過的很多事情。儘管事過境遷，時光荏苒，但是那一種大概可以用「默契」來形容的什麼，卻仍然悄悄地且微妙地在我和他之間牽引著。
儘管，他說很多事情再也回不去了。
「怎麼了？不好吃嗎？」

手。」

「不是，想起從前而已。」

「我以爲有不好吃到要這樣愁眉苦臉的程度。」

「不是啦！」我尷尬地笑了一下，看著他，「林聿飛，謝謝你在我跌倒時伸出援手。」

「別客氣……」他笑了一下，「其實如果我沒有出現，王易翔也同樣會有這樣的舉動的。」

「是嗎？」我半信半疑。

「是啊，」他笑了一下，「看見心目中在意的女孩跌倒，沒有任何一個男孩會坐視不管的。」

「不是這樣吧？」

「哈，就是這樣。」他臉上的表情很認眞，但是隨即掛上微笑。

我伸出手，打斷了他的話，「不跟你說這個了。總之，謝謝這頓豐盛的晚餐，以及這個『僞老伯伯冰淇淋』。」

校慶第二天，我和林聿飛排了同一個服務的班次，到攤位前必須先到學生會辦公室印一些文件資料，暫時有些空檔的巧鈴因爲男朋友還沒來，於是跟著我到辦公室「參觀」。沒想到一走進辦公室，林聿飛已經坐在電腦前吃早餐了。

「巧鈴怎麼也一起來啦？」

「她想來參觀神祕的學生會辦公室。」

「對啊，不歡迎喔！」巧鈴拉了椅子坐下。

我打開影印機，把要影印的文件放好，按下數字鍵開始作業後，然後也拉了椅子坐下。

「傷口還很痛？」

我搖搖頭，「還好，其實知道大家都沒有怪我的時候，就不痛了。」

「因爲妳，才趕上前兩位領先者的耶。」林聿飛微微傾身，看著我的膝蓋，「今天要換藥吧？」

「早上來之前，先去保健室換過了。」

「那就好，但覺得可惜，應該讓我英雄救美到一個完整才對。」他笑著，然後拍拍我的頭。

「什麼英雄救美啦？」我看著笑嘻嘻的他。一開始讓他背著的時候，也想到了這句話。

他苦笑了一下，「本來就是啊。」

「你們少在那邊客氣來客氣去的。」原本在用手機傳訊的巧鈴放下手機，搭了話，

「不過我一定要重複一次，話說昨天當全校女同學心目中的白馬王子之一抱起了妳，別說當下有多少嫉妒得可以殺死人的目光，光是不少玻璃心破碎的聲響就夠了。」

「巧鈴，妳好誇張。」我瞪了巧鈴一眼。

「一點都不誇張。」巧鈴聳聳肩。

我不忘給巧鈴一個又一個的白眼。

「莫默。」突然有個冰冷而又具有威脅感的聲音叫了我。

我們三個人都很有默契地往聲音的方向看過去，「玉靈學姊。」

玉靈學姊走到我面前，用一種高傲冷漠的態度看著我，直到我站起身，把椅子往後推了一下，她才開口，「所以我說得沒錯。」

「什麼？」

「妳就是掛著善良天真的笑容，結果把兩個男孩耍得團團轉的。」

「沒有。」我急著搖頭，「我沒有這樣的意思。」

她冷冷地哼了聲，「是嗎？」

林聿飛也站起身，「妳需要一直用這樣的態度對待莫默嗎？」

「林聿飛，你會不會管太多？這是我們之間的事情。」

「不管怎麼樣，這也不是莫默的問題，甚至與妳無關。」

「哼，」玉靈學姊不再理會林聿飛，只是瞪著我，用手指戳了戳我的額頭，直到她的手被林聿飛撥開，她才怒氣沖沖地瞪著我看，「看吧，林聿飛這種擔心的樣子，妳要是繼續裝傻，就眞的太虛僞了。」

我吐了一口氣，看了林聿飛一眼，再看著玉靈學姊，「隨便妳怎麼說。」

「是的，學姊，我雖然不認識妳，但是我必須憑良心講。」巧鈴也忍不住幫腔。

「請問妳是哪位？」玉靈學姊看著巧鈴，然後看著我，「我記得非學生會夥伴不能隨便進入學生會辦公室。」

「對不起，我室友只是陪我來拿個東西。」我舉起手，示意巧鈴遠離暴風圈，請她先離開，同時也不希望林聿飛捲入我們的紛爭，因爲玉靈學姊的事情完全與他們無關，我看著怒氣滿滿的巧鈴離開了辦公室。

「不是嗎？」

玉靈學姊瞪著我，在我來不及防範時，冷不防甩了我一記耳光。而我往後退了一步，直到原本看向別處的林聿飛趕緊扶住我，然後好不容易站穩的我不小心壓到我放在桌上的背包，還觸動了一旁的全校緊急廣播器。

「王易翔，我是莫默，我喜歡你，眞的好……」我慌張地按掉廣播器，但在這之前原本故障的吊飾還是繼續把沒說完的「眞的好喜歡你，我想當你的女朋友」這句話播放完了。

我看著眼前火冒三丈的玉靈學姊，我知道再怎麼解釋，好像都沒有什麼作用。

「妳……莫默，妳真是高招，用這種方法告白。」

我嘆了一口氣，「那明明是妳推我，才誤觸了廣播器……」

玉靈學姊看著我，「眞的受夠妳那假裝無害的表情，別在我面前裝了，更別老是裝那些什麼遇到爛廠商或是比賽時跌倒的苦肉計，好讓阿翔或林聿飛心疼妳。」

聽了玉靈學姊的話，我心裡並不怎麼好受，一直以來很討厭虛僞或是惺惺作態的人，當自己被這麼誤會，心裡眞的很不是滋味。

看著眼前的她無理取鬧，我想起了上次在圖書館後面時她失控的情景。我隱約替她覺得可悲，停頓了幾秒，最後對她說：「學姊，妳剛剛說的那些都是誰也沒預料到的意外，我想不會有人想在招商的時候遭遇危險，也不會有人想在想要贏得冠軍的大隊接力上跌個狗吃屎。」

「是這樣說沒錯，但是從妳愛耍小心機的做法，我覺得很有可能。」

「學姊……」我看著眼前幾乎已經不可理喻的玉靈學姊。

「是啊，我覺得妳這麼說，確實有點太過分了。」林聿飛開口。

「我看你也被迷得團團轉。」玉靈學姊對著林聿飛說話，大概因爲情緒稍稍激動，音量又比剛剛大上許多。

「梁玉靈，我才覺得妳是不是愛到昏頭失去理智了。」林聿飛走到我身邊，把我往後拉了一把。

玉靈學姊瞪了林聿飛，然後又看著我，「妳給我快點退出學生會！離開王易翔的生活圈。」

「對不起，學姊，請妳用妳喜歡王易翔的心情，體諒我或是體諒其他也喜歡他的女孩吧。」我說出了連自己都覺得驚訝的話，當然也驚訝於自己莫名其妙的勇氣，「相信王易翔也不會喜歡爲了他失去理智，爭風吃醋的女孩。」

「莫名其妙，我不會放過妳。」玉靈學姊氣沖沖地，大概是因爲不知道該說些什麼的關係，她順便丟下了一句髒話，然後離開辦公室。

我呼了一大口氣，身上的警戒警報已經解除，有一種鬆了一大口氣的感覺。我無力地坐在椅子上，趴在辦公桌前，「我怎麼老是惹得玉靈學姊這麼不高興？」

「莫小默，妳實在太強了啦，剛剛在外面都偷聽到了。」可能看暴風圈已遠離，巧鈴溜了進來，坐在我身旁，用極度崇拜的眼神看著我。

「你們別鬧了。」我看著眼前一搭一唱的這兩位，翻了白眼。

「我都快封妳爲戀愛教主了。」

「第一次暗戀就失戀的戀愛教主，有公信力嗎？」

「我也快五體投地了。」林聿飛笑著，拍拍我的頭。

聽到全校響起的鐘聲，我瞄了一眼時鐘，心想該是林聿飛和我去攤位値班的時間。

於是我坐起身，挺直腰，苦笑了一下，「我現在要去面對剛剛當著全校的面告白的創舉了。」

所幸我不是王易翔那樣的風雲人物，所以即便是用全校廣播器大告白，其實也不會立刻被發現我就是那個告白的女生。只是路上遇到幾位系上的同學，大概是因爲「莫默」這個名字而知道我這個人，在擦肩而過時稍微瞄了我一眼。比較誇張的是我和林聿飛在學生會的攤位上，那幾個一直很欣賞、常常討論王易翔的學生會夥伴，經過學生會的攤位和我們打招呼時，也可以很明顯地感受到她們對我的態度並不太……友善。我盡量告訴自己那可能是錯覺，要自己千萬別想太多，心裡卻還是有點在意，然後不自覺地摸了摸自己被玉靈學姊賞了耳光的臉頰。

這是從小到大第一次被人這樣打耳光，即使爸爸媽媽也不曾這樣打我，更別說是家族裡的其他長輩。所以當玉靈學姊這樣突如其來地失控，當下除了隱隱作痛的痛覺，大部分的感覺莫過於震驚，但爲了讓巧鈴以及林聿飛放心，同時也想削弱玉靈學姊的氣勢，於是我告訴自己必須表現得冷靜，告訴自己必須看起來不驚慌地把自己想表達的話說完。

「還痛不痛？」林聿飛指著自己的臉頰。

「不會了。」我苦笑了一下。

「說到玉靈學姊……」林聿飛誇張地搖搖頭，「真像一隻突然發威的野獸。」

「也許只是急了吧。」我聳聳肩，想起那天在便利商店時，她也同樣不高興地質問王易翔。

「妳看起來很冷靜，還直接給梁玉靈打臉，我們旁觀者看起來，就像是她在無理取鬧。」林聿飛豎起大拇指，還調皮地挑了挑眉。

「沒有，我只是裝作冷靜。」我笑了一下。

這些，也是王易翔教會我的。

他說面對這種無聊的無理取鬧，用冷淡的態度處理，也許是滿有用的一種方法。

「喔，對了，剛剛那群夥伴的敵意，」林聿飛指著遠遠的背影，「別太多在意。」

「嗯，謝謝。」我先是愣了一下，然後點點頭，心裡很訝異林聿飛竟然也察覺到了，原來真的不是我想太多。

「喜歡王易翔的代價。」他笑了一下。

「也對。」我聳聳肩，站起身走到長條桌前，把紙箱裡的兩瓶礦泉水遞給眼前的三位男同學，「謝謝你們。」

看我把紙箱從桌上拿下來，林聿飛也貼心地走到我身旁，幫我把紙箱上的透明膠帶撕下，將紙箱拆解後放在一旁，拉了我一把，要我坐回原本的位置上，「維持妳原本的勇氣就好。」

「原本的勇氣？」

「是啊。」他點點頭，「在我面前提到王易翔時，那種堅定自信的勇氣。」

我看著林聿飛，很意外他會用「堅定自信」來形容不怎麼有自信的我，「談到王易翔的時候，我是堅定又自信的樣子嗎？」

「對，偶爾會有點小失落，但是大部分的時候，就是堅定又自信的樣子。」

我難爲情地笑了一下，「原來如此。」

「所以說，愛情的力量很偉大。」

「愛情的力量……」我咀嚼著林聿飛的話。

這是愛情的力量嗎？是吧？這麼喜歡王易翔的我，應該就是因爲這愛情的力量而變得勇敢的。

只是爲什麼，現在的我從林聿飛口中聽到「愛情」兩個字時，開始不太確定了呢？

唉。

玉靈學姊的話，確實讓我滿不開心，每一句話都像個刺，一下一下地刺進我心裡。

也許因爲玉靈學姊不是我在乎的人，所以傷心的感覺並不那麼的深刻。可是爲什麼，此刻心裡卻好像隱約地有一種難以形容的感覺呢？

「在想什麼啊？」林聿飛的大手在我眼前晃了兩下。

「沒什麼，只是開始懷疑……這究竟是不是愛情。」

「嗯？懷疑？」他看著我。

我苦笑了一下，「是啊。」

他突然拍了我的頭，「怎麼開始懷疑起來？莫默對王易翔的堅定，可是出了名的。就連在愛情面前這麼有信心的我，都快要退縮了呢！」

「啊？」我納悶地看著林聿飛。

他原本看著我的目光，突然移向操場的方向，「妳知道，本人目前在情場上，可是百戰百勝的。」

「是這樣嗎？」

「當然，大概是運氣好，喜歡的女孩都剛好也欣賞我。」

「這倒眞的是滿幸運的。」我點點頭，表示認同，「不過，『都剛好也欣賞我』的意思是對象不只一個人……」

「當然，百戰百勝。」

「嗯，現在覺得兩情相悅的確滿難得的。」我也看向操場，由衷地說。

「是啊，只可惜本人是非常專情的，所以只好對不起眾多女孩了。」

「囂張咧！」

「不是囂張，是實話實說。」

「好啦，我相信你。」我抿抿嘴，「反正天菜本來就是大家追求的對象，不過……」

「不過什麼？」

「剛剛提到的兩情相悅這種事，確實是難得，不然就像我和王易翔一樣，我喜歡他，但是他不喜歡我。」我呼了一口氣。

林聿飛哈哈地笑了，站起身，背對著我朝向操場中央的方向，「也像我和莫默，我喜歡……」

「看來贊助品好像索取得差不多了。」副會長走到攤位前，打斷了林聿飛的話，同時也打斷了我的緊張與擔心，所以因爲副會長的突然出現，我發現自己竟然像鬆了一口氣。雖然並非百分之百確定林聿飛剛剛沒說完的話是什麼，但是卻很緊張。

這讓我想起之前巧鈴曾提過，班上的哪個同學很好奇林聿飛是不是在追我，也讓我想起好幾次林聿飛似乎吐露了心意，卻被我誤以爲是玩笑還有一次，他在女宿旁的斜坡前突然問我「所以我喜歡妳的話，妳就有可能喜歡我嗎」。

林聿飛……

「對了，莫默。」副會長在我面前揮揮手。

「嗯？」

「這次贊助品已經算很多了，以爲會剩下一堆的，但是看起來索取得很踴躍。」

「是啊。」

「辛苦大家了。」副會長拍拍我的肩，又拍拍林聿飛，「喔，差點忘了重點。」

「什麼重點？」林聿飛疑惑地問。

「今天晚上七點，學生會全體夥伴在市區那間燒烤店聚餐。」副會長邊笑，邊推推他的黑框眼鏡。

「七點？不是說訂不到位置嗎？」林聿飛看了我一眼。

「是啊，上週開會的時候，群志學長說訂不到位置，所以改天的……」我記得很清楚，當時王易翔也在會議中宣布可能擇期。

「因爲當時留了電話，早一點的時候店家有通知，好像是另一個團體臨時取消了訂位，問我們要不要過去。晚上七點見喔。」副會長笑著。

「好。」林聿飛看起來也滿期待的。

「莫默沒事吧？會一起出席嗎？」

「我想考慮一下，因爲……」

「去啦，難得大家聚在一起，又經歷了校慶這忙碌的大事件。」

我皺皺眉，爲難地看著林聿飛，但沒想到林聿飛非但沒有幫我說話，還反而幫著副會長說服我，最後因爲實在找不出適當的藉口，我只好點頭答應。

直到副會長說有事要忙先離開攤位，我才狠狠瞪了笑嘻嘻的林聿飛一眼，「我以爲你會幫我找藉口。」

「那家燒烤店很棒耶！平常訂不到位置的，所以我們很幸運，幹嘛不去？」

我嘆了一口氣，「現在也只能去了。」

「喔，你們來換班囉。」林聿飛站起身，把身上的背心脫下，然後交給兩位電機系的夥伴，也貼心地將我的背心遞給另一位同學。

「辛苦了。」

「你們也是。」我笑著，對著眼前這兩位看起來很溫和的同學說，然後拿起放在長條桌下的背包。

「莫默，接下來要去哪？」

我看著林聿飛，剛剛的疑惑又湧上來。其實很想開門見山地說清楚，但是一想到可能帶來的尷尬與猶豫，我吸了一口氣，決定讓自己暫時沉澱一下。

我故意打了個呵欠，「有點累，沒事的話，想回宿舍睡一下。」

林聿飛也很體貼地點點頭，「好，陪妳走回去吧。」

「喔……」我抿抿嘴。

「那大概六點二十分，我在校門口等妳，一起去燒烤店。」

「不用麻煩啦，我可以自己搭公車，市內公車很方便的……」

「就這麼說定了。」

「啊？」

「六點二十，校門口。」

「好。」看著他好看的笑臉，我點點頭。

「走。」他指著女生宿舍的方向，才踏出一步，就看見站在我們兩個人面前的兩位女孩。「李禎？」

其中一位長頭髮的女孩微微地笑了，然後看了我一眼，再看著林聿飛，「好久不見。」

林聿飛笑了笑，「好久不見，怎麼會來我們學校？」

「隔壁班的曉僑邀我們過來的。」這個叫做李禎的女孩，笑起來的時候嘴角彎彎的，很可愛。

「曉僑？她也讀這裡？」林聿飛的語調很驚訝。

「林聿飛，太不夠意思囉！虧我們一群人在高中的時候這麼好，你竟然不知道，」站在李禎旁邊的平劉海女孩不客氣地搥了一下林聿飛的手臂，「還有你，失聯這麼久，是上了大學，忙著把妹吧。」

「不是這樣的好不好。」林聿飛哈哈地笑了，接著拉了一下對方的劉海，「髮型不錯。」

「當然，這可是花了我幾千塊耶。」

「很值得。」

「好啦,我們該去操場和曉僑會合了,有空的話,我們再聯絡?」

林聿飛點點頭,看著叫做李禎的女生,「嗯,沒問題。」

「你可別又繼續搞失聯喔!手機沒換吧?」平劉海的女生帶著威脅的口吻。

「沒換。」

「好啦,那我們先走囉。」

「拜拜。」

林聿飛在她們往前走了兩步之後,突然叫住她們,「最近過得好嗎?」

「我想,你想問的人是李禎吧?」平劉海的女生用肩膀輕輕碰了李禎一下,害得李禎難為情地笑了。

「老樣子,硬要說的話,沒有你的日子,當然不好。」李禎說完,繼續她的步伐,往操場走去。

和林聿飛一起望著她們離開的背影,「走吧,回宿舍。」

走著走著,快到宿舍門口時,林聿飛打破了沉默,「第一次看到妳的時候,老實說,我覺得妳很像李禎。」

「什麼?」我驚訝地瞪大了眼睛,「她是美女耶……哪可能像?」

「妳客氣了,尤其是講話的時候,以及笑起來的樣子。」

「不像。」我依然反駁。

「這是我的感覺啦。」

「是嗎……」我用力搖搖頭，稍微回顧了李禎說話的模樣。

「而且都是長頭髮，所以更像了。」他笑了。

「不像。」我哼了聲，「好啦，我先進去了，待會兒校門口見。」

「喔，好。」他點點頭，「告訴妳一個八卦。」

「什麼八卦？」

「其實李禎是我前女友。」

「什麼？」我睜大了眼睛。

「國三交往，高二時分手的前女友。」

「前女友……」我小聲地重複，「這樣算交往很久了，爲什麼分開？」

「她提的，她說她想要考上理想的大學，所以要專心準備課業，」林聿飛苦笑了一下，「她覺得愛情讓她不能專心。」

我點點頭，沉默了幾秒，「嗯……」

「怎麼了？」

「沒什麼，只是覺得有點感觸而已。」我吸了一口氣，「沒想到當我爲了愛情認眞努力讀書時，有另一個女孩因爲要認眞讀書而放棄了愛情。」

「是啊，這就是她和妳不一樣的地方。」
「那現在你們都上大學了，爲什麼不……」
「再繼續？」他接了話，然後連他自己都忍不住笑了。
「對。」
「有時候談戀愛這種事，有個逗點會變得很美，再出發的時候會很不一樣。但有時候，也可能因此漸行漸遠。別忘了，逗點只要再加個小小的點就成了分號。」
我笑了一下，「虧你想得出來。」
「實話實說。」他聳聳肩。

原以爲這幾天沒有睡好，利用空檔回宿舍休息時，一定能夠好好睡上一覺。但是腦袋昏昏沉沉的我，躺在床上躲進了溫暖的被窩裡，卻一點睡意也沒有。
躺了半小時左右，隱隱約約睡著了，但是又做了一連串與現實有點關聯卻又有點虛幻的夢。
夢裡我和王易翔坐在國小的校門口前吃著好吃的冰淇淋，接著不知怎麼地林聿飛也拿了一支坐在旁邊，接著他不知道認眞地說了些什麼話，我還沒聽個清楚，鏡頭很快一轉，突然又回到大學校園，王易翔牽著我的手，走在前往校門口的紅磚道上，只是這一次，當我再次鼓起勇氣想問他「眞相」到底是什麼，他給了我一個微笑，很乾脆地準備開口似乎打算告訴我答案，只不過當我萬分期待地準備洗耳恭聽的時候，我發現牽著手的人不是王易翔，而是林聿飛……然後不知怎麼地，突然被兩個女孩硬生生地推開，我還不小心跌在地上。而當我揉揉眼睛，想看清楚這麼沒禮貌的人是誰的時候，我看見那個叫李禎的女孩緊緊握著林聿飛的手，笑得極爲燦爛。我疑惑地喊出了林聿飛的名字，我不知道他有沒有回過頭來看我，因爲手機設定的鬧鐘高分貝地響了起來。

「嚇我一跳……」我坐起身，拍拍胸，瞪了一眼替我關掉手機的巧鈴。

「我是怕妳睡過頭。看妳一副要把鬧鐘關了繼續睡覺的樣子。」

我揉揉眼睛，「沒有啦。」

「不過，爲什麼設定起床的時間這麼奇怪？」巧鈴歪著頭問我，也許以爲自己看錯了時間，還又看了手錶一眼。

「晚上學生會要聚餐，半小時之後和林聿飛約在校門口，我們要去市區一家燒烤店，聽說很難訂位。」

「那間創意燒烤喔？」

我聳聳肩，「不知道，只知道機會難得，好像不去會對不起自己似的。」

巧鈴把背包放在椅子上，坐上床，背靠著牆，「是呀，那家確實很難訂，之前去也是滿久之前訂位的才排到的。」

「不對喔，妳今天晚上怎麼沒約會？好難得。」我歪著頭看著巧鈴。

「他先去練球囉，晚點再聯絡。」巧鈴聳聳肩。

「我就知道，下次聚會，我一定要跟筱琪說我的室友有多見色忘友。」

「幹嘛這樣啦！不過妳怎麼睡得滿頭大汗啊？」

「沒啦，做了一些亂七八糟的夢，最近都這樣。」我苦笑了一下，突然想起稍早時林聿飛說的話。

「之前那個和王易翔有關的夢？」

「不是，就亂七八糟的，有的是從前發生的事，有些是最近現實中發生的事，有的很虛幻卻又很眞實……」我搖搖頭，因爲巧鈴的話，我這才發覺似乎已經好一段時間沒有再做那個揮之不去的夢。這麼一想，好像自從知道了眞相，自從與王易翔談過之後，就不曾做過那個曾出現在無數個夜裡的夢境了。

「莫默，還是妳有什麼心事？」

我抿抿嘴，也微微靠著牆壁，在巧鈴身邊並肩坐著，「心事……」

「還是梁玉靈又找妳麻煩啦？」

「沒有啦。」我急忙撇清。

巧鈴哼了一聲，用奇怪的眼神看著我，「眞的沒有？看妳表情怪怪的喔！」

我苦笑了一下，「玉靈學姊對我的態度一直以來就是這樣，其實也早就習慣了。」

「還是和王易翔有什麼新的進展？」

「沒有。」

「你們不是把那件事情說清楚了？」

思考了一下，我點點頭，「是說清楚了，那天之後的幾次相處，我們也都沒有談起那件事情，雖然事情造成的影響有些是不能挽回的，我也不知道這對我們來說算不算什麼進展。也許，不只是他，就連我也需要一些時間沉澱吧。」我聳聳肩，「我不知道，他最近好像在忙幾個學校的聯合同樂會，眞的說要相處的時間也很少。總之，說了，妳不可以笑我喔？」

「我會忍住的。」

我狠狠地瞪了巧鈴一眼，「妳很壞耶。」

巧鈴哈哈地笑了，「好啦，怎麼了？」

「唉唷，算了，我實在不知道究竟是怎麼一回事，讓我整理一下好了，這幾天……尤其是今天，心裡一直覺得有一種奇怪的感覺。」

巧鈴聽我說了這麼一段莫名其妙的話，她卻出乎我意料的沒有追問，只是露出曖昧又詭異的笑容，用一種奇怪的眼神看著我，「嗯！」

因爲巧鈴的表情眞的很奇怪，我摸摸臉頰，「我的臉上有什麼嗎？」

她搖搖頭，神祕地笑了一下。

「說啦，到底怎麼了？」

「是不是和林聿飛有關？」

我瞪大眼睛，忍不住大叫了巧鈴的名字，「我的天呀，是妳太了解我，還是妳的第六感準到不像話？」

巧鈴挪動了一下，「好啦，是林聿飛告訴我的。」

「林聿飛？」

「本想裝作是亂猜的，但我良心過不去。」巧鈴哈哈地笑了。「其實是因爲我早一點的時候打了一通電話給妳，但妳沒有接聽，所以我想說妳和林聿飛同一時段顧攤位，可能還在一起，就撥給他。」

「然後呢？」

「他說他和妳講了一些話，擔心可能會造成妳困擾什麼的。」巧鈴聳聳肩，「但是說了什麼，他倒是也沒說。所以他說了什麼啊？」

「話沒說完，剛好副會長就出現。」

「但妳的表情，好像知道他想說什麼。我猜是告白吧？」巧鈴看著我，刻意睜大眼睛，裝起可愛的樣子。

「怎麼這樣猜？」我沒好氣地說。

「憑我對妳的了解。」

看了巧鈴，我吸了一大口氣，然後點點頭，「對啦，林聿飛……應該是打算告白沒錯。」

「應該？」

「他的話被副會長打斷了，但是，我想是要告白吧。」我苦笑了一下，想起前不久自己在宿舍前也忍不住對王易翔告白的事，沒想到不久之後的現在，竟然也有另一個男孩對我告白。

「被告白是開心的事，妳幹嘛愁眉苦臉的啊？」

「沒有啦。」我走下床，到書桌前檢視背包，把背包裡的一本教科書拿出來，再確認錢包是不是在裡頭。

「拜託，天菜林聿飛耶。」巧鈴的語調飆得高高的，「要是我早就開心得沖上天了。」

「怎麼在妳的世界裡有這麼多天菜呀？」

巧鈴搖搖頭，「我才懷疑，為什麼天菜數量不多，但正巧有兩位在妳周圍咧。」

「才不是！」

「我對於天菜的標可是很嚴格的，沒有帥臉、沒有高高的身材，可進不了我天菜團的範圍內。」

「好啦！」我苦笑了一下，「我知道。」

看我穿上了薄外套，巧鈴跳下床，坐在她的椅子上，「所以被天菜告白，到底有什麼好困擾的？」

看著眼前的巧鈴，「因為他是林聿飛，所以我才更困擾。」

「唉唷，幹嘛這樣？」

我拉起背包的拉鍊，背上背包，看著還有一些時間，便趴坐在書桌前。「我不知道，也許是不想破壞自己和他之間的感覺吧。老實說，我愈來愈搞不懂自己了。」

「什麼意思呀？」

「剛剛睡覺前，我想了想，我覺得現在和他相處的方式很輕鬆自在，我喜歡這樣。談到喜不喜歡，就覺得有點尷尬。」

「嗯……」

「現在想想，原來林聿飛也透露過他的心意好幾次，是我自己，總以為那是他的玩笑話。」

「也太遲鈍了。」

我皺皺眉，苦笑了一下，「這麼明顯？」

「不是還告訴過妳，班上誰偷偷問我林聿飛是不是在追求妳嗎？」

「當時聽妳這麼說，還覺得很誇張。」我想起之前聽巧鈴這麼說，覺得那完全是天方夜譚。

「很明顯耶。」巧鈴嘆了一口氣，「人果然只會看見自己想看見的。」

「是啊，所以……一想到之前林聿飛有意無意地說出他的感覺時，我總是那副『別開玩笑了』的樣子，然後和他聊王易翔，說自己有多喜歡王易翔……」

「但這也不能怪妳。」

「當他要我看看除了王易翔之外的其他人時，我竟然只是一味地和他討論王易翔。唉，就怪我自己太笨。」想到這裡，難過就突然湧上來。我竟然漠視了林聿飛的一切，還總是與他談論王易翔。

「嗯……」

「仔細沉澱下來想一想，我發現自己似乎也不那麼完全以爲林聿飛說的都是玩笑話。」我沉沉地嘆一口氣，「大概就是潛意識裡不想破壞這樣自在的關係，所以並不想正視吧。」

「有點了解妳的想法。」

「巧鈴……」

「幹嘛？」也許因爲我愁眉苦臉，巧鈴也跟著皺起眉頭。

「我實在愈來愈不了解自己了。剛剛亂七八糟的夢境，也許和林聿飛有關。」我苦笑了一下，「剛剛他送我回宿舍的時候，遇到了他兩位高中同學，那兩個人感覺起來和他很熟，其中一個叫做李禎的漂亮女生，是他的前女友。」

「有八卦的味道！」

「連那兩個女生，我也夢見了，尤其是他前女友。」

「日有所思，夜有所夢。」

我又白了巧鈴一眼，「巧鈴！」

巧鈴收起了她的笑容，突然認眞地看著我，「可能是因爲剛剛遇見的關係，才順便跑進了夢裡吧？不過……也可能是因爲在乎或是在意喔。」

「會是這樣嗎？」

「對呀。」巧鈴挪動了一下，認眞地看我。

我抓抓頭，「雖然之前聊天時，知道他一定談過戀愛，但眞正遇到他前女友，心裡好像有一點怪怪的感覺，好像想多知道什麼。連我都搞不清楚自己幹嘛這樣……」

「好奇就問呀，也許林聿飛還會高興妳問他。」

「他說他第一次看到我，覺得我跟他前女友很像。」我苦笑了一下，「聽了心裡就怪怪的。」

「爲什麼？」

「我不知道。也許不喜歡被說像誰，也許……」我想了一下，「不喜歡被他說像他前女友。」

巧鈴嘟著嘴，「這個怎麼感覺像是我不喜歡我男朋友拿我跟他前女友比較的心情呀？」

我瞪了巧鈴一眼，「完全不一樣吧？」

「但是我就覺得一樣。」

「好啦，先別討論這個。巧鈴，我問妳，我這樣不和他說清楚的態度，是不是會讓林聿飛愈陷愈深？」

「其實，妳一開始就說得很清楚了，在妳高調又堅定地和大家說自己有多喜歡王易翔的時候。」巧鈴看著我，咬咬下唇，「不過我想，這不能怪妳，是不是想繼續喜歡一個人，是當事人才能決定的事情。」

「是這樣嗎？」

「妳想想，王易翔不想理妳，妳不也是喜歡他喜歡得死心踏地的？」

我沒好氣地笑了一下，「但是我覺得兩個狀況不同。」

「我覺得本質都一樣，眞的。」巧鈴停頓幾秒，「就像誰也無法阻止我喜歡我男朋友一樣。」

我點點頭，「這些我懂，只是……」

「我覺得妳別想太多。」巧鈴說得認眞，「不過，我想問問妳，對於王易翔的感情是不是因爲依賴或是習慣呀？」

「依賴或是習慣？」

「對啊，再說……」

「再說什麼？」

「我覺得，會不會就這麼樣的順其自然，結果妳眞的發現了林聿飛的好，覺得他比王易翔適合妳？」巧鈴換上一張笑咪咪的臉。

「林聿飛比王易翔適合我？」

「也有可能，對不對？」

「我不知道。」

巧鈴沒有回應什麼，只是哈哈地誇張大笑，「莫默！」

「幹嘛？」我納悶地問。

「我覺得……妳稍稍有點動搖了。」

「怎麼說？」

「先前妳一聽到這種話，話題肯定繞著王易翔打轉，現在竟然開始會說『我不知道』，也不像以往那樣堅定了。」

我坐直了身子，拍拍臉頰，「眞的嗎？」

「是呀。」

「其實我也有點搞不懂了。」我思索了一下，決定面對自己心中的聲音，「一開始聽到眞相時，老實說我的心裡面好慚愧。後來和王易翔說開了，當然仍舊慚愧，但是和他的相處好像輕鬆了一些，但關於對他的感情，好像突然變得有些模糊……」

「模糊？」巧鈴誇張的扮了個鬼臉。

「唉，我也不說不上來啦。」

「沒關係，可能一下子發生太多事情，還沒好好沉澱的關係。」

我聳聳肩，「也許是這樣，再說吧。」

「時間差不多了，妳該出門了。」巧鈴看了她的手錶，「反正就是那句老話，有任何進展別忘了跟我說。」

「好，遵命。」

「對了對了！我一定要幫林聿飛拉拉票。」巧鈴笑了一下，「雖然王易翔各方面感覺起來都是棵超級大天菜無誤啦，但林聿飛也不遑多讓。」

我瞇起了眼，忍不住用力捏了巧鈴的臉頰，「妳到底收了林聿飛多少好處？」

「我是就事論事。」巧鈴沒好氣地說：「何況他眞的也對妳很好。」

我聳聳肩，背起背包，「再說囉。」

晚餐吃得好撐，大概是因爲大部分的夥伴都出席了，大家聚在一起邊吃邊聊，容易吃得特別多，不僅是燒烤類的食物，就連吃到飽的歡樂吧也吃得相當痛快。加上也許是一起忙完了一個大活動，幾位沒有騎車的夥伴叫了幾瓶啤酒，感覺在嘻笑之間，彼此的感情又變好了些。一直到店員再次提醒用餐時間只剩下半個小時，我們仍然意猶未盡地繼續聊著、吃著。

我喝了一口冰冰涼涼的汽水，這才發現同桌幾位搞笑夥伴的糗事，已經讓我的臉笑到有點僵的狀態。當我看向坐在對面桌的王易翔，竟然正巧迎上了他的目光，我尷尬得趕緊移開目光，假裝看向別處。但沒想到，他和副會長突然站起來，往我們這桌的方向走來。

王易翔和副會長在我們這桌聊了大概十幾分鐘，同桌的女同學們一樣熱烈地學長長、學長短的，甚至還討論了等會兒幾個學長姐要再去KTV「續攤」，她們嚷著說也想一起去，臉上的笑容比剛剛更燦爛。大家的氣氛很融洽，林聿飛也偶爾搭個一兩句話，只有我因爲不知道該說什麼，低著頭默默地吃著我眼前尖得像座小山的燒烤，把肉片一塊一塊吃進嘴裡。

「好吃嗎？」坐在我對面的林聿飛問。

「好吃，但好撐。」我苦笑了一下，再次夾起肉片，又不小心看見正往我看過來的王易翔。

「這間店的食材很眞材實料。」

「難怪大家這麼推薦。」我點點頭，再吃了一片肉，「我先去上個洗手間。」

「喔……等妳回來。」林聿飛指著眼前的烤肉架，「甜點也是這間店的招牌。」

「嗯，我不會錯過的。」我笑了，站起身往洗手間的方向走去。

從洗手間出來，因爲瞥見外頭一閃一閃的七彩燈泡，於是我走到店外的小庭院，坐在草地旁的涼椅上，背靠著椅背放鬆地坐著，閉上眼睛感受迎面吹拂過來的晚風，涼涼的，很舒服。

「怎麼逃來這裡了？」林聿飛突然站在我面前，兩隻手各拿了一杯裝了冰淇淋的紙杯，笑咪咪的。

「這你也知道。竟然用『逃』這個字。」我苦笑了一下。

「我想一定很貼切。」林聿飛笑著，坐在我身旁，將紙杯遞給我。

「滿貼切的。我不怎麼擅長在群體中談笑風生，我不像你或是王易翔。」

「因爲王易翔是會長，所以很多時候，就算他不願意，也必須扮演這樣的角色，才能帶動氣氛。『收買』人心是領導團隊的一項要領。」

我點點頭，忍住想繼續說下去的衝動，刻意轉移話題，用塑膠湯匙挖了一小口冰淇淋放進嘴裡，「草莓口味的，太棒了。」

「吃得到草莓果粒，我特別多挖了一些。」

「謝謝，好感人。」我含著冰淇淋，感受酸酸甜甜的冰涼在口裡融化的甜蜜，然後看著遠方天上掛著的月亮。

「如果是王易翔，他也會這麼做的。」

我含著酸酸甜甜的草莓口味冰淇淋，感受酸甜滋味在口中化開，心裡猶豫著該不該開口說出自己想的事，最後我微微轉身看林聿飛，「以後，我們不要再聊王易翔了。」

「不要再聊王易翔，什麼意思？」

「我先問你，你喜歡我嗎？」我微皺著眉，認眞問他，我從沒想過自己竟然會對一個男孩問出這樣的問題。

「很喜歡。」林聿飛思考了幾秒，倒也乾脆地給了我三個字的回答。

「那……當我提到他的時候，你的這裡……」我抬頭看著林聿飛，我指著他心臟的位置，「不會覺得酸酸的，覺得難受嗎？」

「莫默？怎麼突然問這些？」

我抿抿嘴，雖然覺得難爲情，但是我告訴自己一定要把話說出口，「林聿飛，以前是我太笨，或者應該說我太自私，總是把你的話當成玩笑，對不起。」

「哈，這有什麼好對不起的。」他像是頓時明白我的意思，給了我一個很好看的笑容，「這是我的問題，與妳無關。」

我搖搖頭，「如果你沒說，那就與我無關。但既然你說了，我的態度就大大有關係了。」

「所以？」

「我們可以當朋友就好嗎？」我認眞地看著他，並且堅定的。「如果可以，我們就繼續當好朋友。」我呼了一口氣，發現因爲緊張，心臟跳得很快，「但如果不能，保持距離……會比較好。」

他將頭撇向一旁，然後再看著我，認眞地說：「告白被打槍了壯烈犧牲就好，但說眞的，我不想失去一個無話不談的好朋友。」

「林聿飛？」我看著眼前笑得直率，但有一些苦澀的大男孩。

他又笑了，點了點頭，「我說眞的喔，所以妳放心。不過，我想我會需要一點時間，但我會在下學期開始，努力去聯誼的。」

「你這種男生，根本就不需要聯誼。」我也跟著笑了，想起稍早在宿舍時巧鈴的話，「不過，或許你們也有可能再續前緣。」

「再續前緣？我和李禎？」

我點點頭。

「這麼想把我推開啊？」

我趕緊揮揮手，「我不是這種意思。」

「從前總是要妳看看除了王易翔以外的風景，一方面是因爲之前王易翔的態度眞的很過分，我捨不得看妳這麼難過，另一方面是希望妳看見渺小的我。」

「不要這麼說……」聽了這段話，我不知道該回應什麼，心裡卻有種苦苦的、酸酸的感受。

林聿飛苦笑了一下，吐了一大口氣，在我想說什麼的時候舉起手要我別說，「失戀而已嘛，又不是什麼大不了的，別安慰我。」

我站在他面前，抬起頭看著眼前這位好朋友，他果然比我想像的還堅強。

「放心，我不會哭的。」他笑了，然後拍拍我的頭。

我沉默了一下，爲了讓兩個人之間的氣氛不尷尬，我擠出笑容，還說了不太好笑的玩笑話，「若是你哭了，我一定會拍照片，上傳到臉書，讓你眾多的粉絲心碎。」

「也可以，省得我要一一拒絕別人，乾脆直接讓她們死心就好。」他站了起來，「走吧，大家應該也差不多了，回去拿一下背包。」

我跟著站了起來，「是誰剛剛說下學期開始會認眞聯誼的？現在還說要讓她們死心。」

「哈。」他突然轉身，然後無預警地抱住了我，「好朋友的擁抱……」

因爲沒料到他會有這舉動，霎那間，有那麼幾秒，我覺得自己彷彿變成了木頭人，一動也不動地，回過神來，我拍了拍他，由衷地，「林聿飛，謝謝你。」

「好啦，」他拍拍我的肩，「讓我們爲各自的愛情努力。」

「加油。」我也拍拍他的肩，卻差點把手中的冰淇淋沾到他的外套，「眞是的，差點毀了你的外套。」

他看著慌張的我，笑哈哈地說，「就算是好朋友，也要負賠償之責囉。」

「剛剛才說是好朋友，現在就立刻明算帳。」我皺皺鼻子，發現此刻的自己，好像因爲和他之間講開了而覺得輕鬆許多，但是在笑著的同時，我卻隱約地發現心中有一股複雜的情緒翻攪著，莫名的是，這樣的情緒爲何而來，我竟然也說不出個所以然。

當我想伸出拳往他的肩上搥上一記，我才發現包括王易翔在內的幾位學長姊已經走出燒烤店，遠遠地看見了我和林聿飛的一舉一動。

「別理他。」

「你說什麼？」我覺得納悶。

林聿飛笑著，又突然把我拉進他懷裡，小聲地在我耳邊說話，「這樣的距離，王易翔肯定聽不到我們說了什麼，但是這個擁抱，他一定看在眼裡。」

「什麼啦！」我急著想推開林聿飛，卻只是被他抱得更緊。

「激將法啊！如果這樣可以讓他心生警覺，或者吃點小醋，就是一件好事。」

「快放開我啦。」我稍稍懂了林聿飛的用意，但除了王易翔，還有許多注視著的目光，這讓我非常不自在。

「好啦。」林聿飛放開了我，還眨了眨他的右眼，接著露出認眞的表情，「莫默，加油。」

雖然因爲和林聿飛把話說開了，心裡輕鬆了不少，而和王易翊之間的相處，不像之前那樣的關係緊繃，但是因爲他最近和幾位學生會幹部常常需要到附近的大學開大大小小的會議，遇到他的時間反而少得可憐。現在和他的相處很自然，就像從前在眷村時那樣輕鬆，而且常常在他忙碌之後的夜晚，就會撥一通電話給我，隨意聊聊或者談談一天的忙碌。

每次巧鈴約會回來看到我躺著講電話，就會給我一個超級曖昧的表情。有空的時候，逮到機會就會問我到底有沒有新進展。

不過，我常常不知道該怎麼回答巧鈴，只知道就是很自然、很自然的相處，好像眞的也沒有什麼所謂的新進展。

「巧鈴，妳回來囉？」

「是啊，今天的課好累，教授每堂課都要點十個人回答問題，精神超緊張的。」巧鈴把手上一大袋的團購蛋捲放在書桌上，拿出其中一桶開封過的蛋捲給我。

「終於到貨了。」我拿了一根蛋捲，輕輕咬了一口，「好吃耶。」

「超好吃，要不是今天老師一定會點名，我早就衝回宿舍拿給妳吃了。」

「眞的好吃，難怪要等這麼久。」我把後半段蛋捲全部放進嘴裡，「那妳今天有被點到嗎？」

「今天被點到了，」巧鈴嘟著嘴，「在本美女正在打瞌睡的時候。」

「然後呢？會回答嗎？」

「還好林聿飛立刻指了答案所在的章節給我看，化險為夷。」巧鈴一臉得意。

我想了一下那個畫面，「不過也太奇怪，林聿飛竟然沒打瞌睡？」

「你們也太有默契了，下課時我很感激地向他道謝，他也說沒什麼，剛剛好他正在打瞌睡的空檔。」

我噗哧地笑了出來，想像林聿飛上課打瞌睡的樣子，以及他說這些話時的表情，「還滿有自知之明的，我來打電話笑他。」

「好啊。」

我點點頭，拿了手機，按下林聿飛的電話，但打了兩次他都沒有接聽。

「沒接？」

「嗯，沒接。」

巧鈴坐在書桌前，「對了，他們校隊不是下下星期要比賽嗎？」

「好像是。」因為巧鈴的提醒，我想起前陣子林聿飛的邀約，還想起他要我們去看他拿下冠軍的約定。

「今天正好聊到，班上幾個同學也要組團去加油喔。」

先前他說會準備專屬座位給巧鈴和我，但是……拒絕了他的我，還有所謂的「專屬座位」嗎？

「一起去吧！」

「好，冠軍賽嗎？」

「是啊，我們校隊已經提前拿到了入場券。那我們說定囉？」

我點點頭。

「說到這個，八卦一下，妳上次說的那個前女友叫……李禎嗎？」

「嗯，李禎。妳怎麼知道她的名字？」我點點頭，疑惑地看著巧鈴。

「因爲下課時，有兩個女生在教室門口等林聿飛，那時候聽林聿飛喊的。」

「嗯。原來她們還去找林聿飛啊？」

「對啊，而且還不只今天，上星期的課也遇到過，我聽班代說最近練球時，她們還滿常去陪林聿飛的。」

「喔。」點點頭，心想原來那次巧遇之後，其實他們已經開始聯繫對方。

喔，對，當時好像還說還有好朋友也在我們學校，他們有空會再約的。

老朋友敘舊蠻正常的，但怎麼我好像有一點在意？

「幹嘛？」巧鈴的嗅覺眞靈敏，立刻給了我一個很奇怪的笑容。

「沒啊，只是好奇，沒想到他們重新連絡上了。」

巧鈴嘻嘻地笑了，「妳不知道前女友是世上最可怕的動物嗎？」

「最可怕的動物？」

「對啊，現任女友最害怕的不是初戀就是前女友。」

我苦笑了一下，「是喔……」

「對啊，所以梁玉靈才會處處找妳的麻煩啊。」

「可是我既不是初戀，也不是前女友。」我翻了白眼。

「不過他最近倒是常常打電話給妳耶！你們眞的沒什麼進展嗎？」

我再翻了白眼，「妳又來了。」

「在我看來，王易翔像在追求妳。」

「但他從沒提過，」我嘆了一口氣，「也許，他早被我的主動嚇壞了。」

「怎麼可能！他……」巧鈴的話被我的手機鈴聲打斷。

「終於回電了。」我順手拿起手機，心想應該是林聿飛的回電，於是按了接聽，「林聿飛，聽說今天你和前女友……」

「是我。」

「啊？」我尷尬地看著巧鈴，「王易翔，不好意思，我剛剛打電話給林聿飛，以爲是他回電了，對不起。」

「沒關係。」手機話筒傳來王易翔低沉的聲音。

「妳在宿舍嗎？」

「是啊，怎麼了？」

「今天會議提早結束了，肚子很餓，一起去吃個晚餐？」

「吃晚餐，好啊。」老實說我猶豫了一下，但是看著眼前點頭如搗蒜的巧鈴，我點點頭。

「我在宿舍門口等妳，妳慢慢來。」

「你已經在樓下了？」

「嗯，慢慢來。」

「好，那你等等，先掛電話囉。」我掛了電話，立刻跳下床，躲在衣櫥門後換上一件淡黃色的T恤。

「哇塞，我們的莫默可是艷福不淺。」

「巧鈴，幹嘛這樣啦……」我探出一顆頭，看著已經在擦指甲油的巧鈴。

「我只是說出眾多女孩心中的渴望而已。」巧鈴停下手邊的動作，看著鄭拉上牛仔褲拉鍊的我，「不過，莫默妳有沒有想過？」

「想過什麼？」

「如果王易翔跟妳告白，妳會不會接受？」

「跟我告白？」我飆高了音量，「他要告白早就告白了。」

「別顧左右而言他，會不會接受？」

我拿起梳子，隨意地梳了梳，紮了一個微鬆的馬尾，「當然啦！這可是我心中最大的願望耶！」

「最大的願望！」巧鈴看著我，調皮地快快拉住我的手，然後在我的左手大拇指的指甲上塗著。

「幹嘛啦？王易翔在樓下等我了。」

她停下了動作，拉著我的左手，「莫默，用這個指甲上的幸運愛心祝福妳找到真愛。」

我看著眼前漂亮的好朋友，「謝謝巧鈴。」

「謝謝妳的蛋捲。」王易翔在路燈下的笑容很溫柔。

「不客氣。」

「聽說在網路上很有名，要等滿久的。」

「是啊，巧鈴……呃，我室友問我的時候，我立刻就想到你，」我笑了笑，「記得我們以前總愛搶著吃蛋捲。」

他點點頭，「是啊。」

我不小心打了個嗝，「好飽喔。」

「食量變小了，」王易翔走在我身旁，在簡餐店附近的公園散步，「以前妳……」

「不折不扣的吃貨。」我接了話。

「哈哈，對啊。」王易翔笑了笑，「別說是怕胖的關係。」

我搖搖頭，「才不是，不過對體重的管理，我還是在意的。上次回家的時候，媽媽直呼我變胖了，說我到底有沒有在運動什麼的。」

「是喔……」

我看了王易翔一眼，因爲沒想到他會關心起媽媽，「每次講電話，就問我到底要不要回家，說我回家的次數愈來愈少，是不是偷偷交了男朋友，雖然她知道……」

「知道什麼？」

我尷尬地笑了一下，不打算把「她知道我很喜歡你」這句話說完，「沒什麼啦。」

「嗯，她還是一樣的親切，也一樣溫柔漂亮。」

「你也很久沒回去了吧？」我走到涼椅前，輕輕地坐下，「不對，你剛剛說，她還是一樣的親切？一樣溫柔漂亮？」

他點點頭，在我身邊坐下，然後將蛋捲放在涼椅的角落，「前幾天，我回去眷村一趟了。」

「前幾天？」我的語調飆得高高的，「你最近不是很忙嗎？怎麼有空去？」

「找了一些空檔時間回去的。」

我瞇起了眼，看著他，「想念那個小眷村了嗎？」

「有些心情想要做個整理。」

「是喔。」我點點頭，「這麼聽起來，你遇見我媽媽囉？這麼巧。」

「我和莫爸爸、莫媽媽約好去拜訪的。」

「什麼？」我的音量因爲驚訝的關係，大得讓我不好意思。

「我請求莫爸爸、莫媽媽的諒解，請他們原諒我之前的蠻橫與無理，請求他們原諒我帶給妳的所有難堪與難過。」

「然後呢？」

「我說，如果可以，我想向小默告白。」

聽了王易翔認眞地說完這段話，我發現我的眼眶感覺熱熱的，「爲什麼突然這樣……」

「小默，這段日子以來，我以爲自己可以討厭妳、忘掉妳，甚至是報復妳，但是對於挾帶著龐大又沉甸甸的仇恨都無法這樣對待妳的我而言，老實說我發現我心中的恨似乎愈來愈不鮮明。」

我看著王易翔有稜有角的側臉，他那張帥帥的臉上，蒙上了一層厚厚的憂傷，「對不起。」

「去妳家之前，我先去看了我爸和我媽，在他們面前站了一整個上午，我告訴他們我心中的掙扎與痛苦，後來我突然覺得，在天上的他們一定非常不願意看我繼續這樣下去。」他吸了一口氣，「一開始，我其實還滿氣妳為什麼要出現在我的身邊，但後來我發現，妳的再次出現除了因為妳的努力外，也或許是爸爸媽媽的安排。」

「王易翔。」

「好讓我再次忘掉痛苦的所有回憶。」

聽著王易翔的話，我的視線開始模糊，但是堅強的他仍舊默默告訴我這些話，「哈，商場上原本就是爾虞我詐，雖然當時我們都還小，不懂大人們生意上的事情，但隱隱約約地清楚，雖然別人都說商場上無朋友，可是從小聽爸爸媽媽的對話就知道，莫爸爸平時很照顧我爸爸的，常常把大大小小的訂單都轉給我爸爸……所以，也許因為這一次的事情，莫爸爸有他的考量，也許因為這些考量，讓他有那麼一點為難，所以訂單無法像從前那樣讓出，造成了我爸爸公司的倒閉，最後債主找上門。總之，這一切，其實不該都是莫爸爸的緣故……」

「嗯，那麼，」我嚥了嚥口水，「當時的眞相……」

「其實不重要了，但是莫爸爸還是堅持跟我說明，其實是因為當時公司整體的考量，以及其他股東的表決結果。」王易翔苦笑了一下，眼神裡掩上一抹憂鬱，「是過去的我不夠成熟，也許因為不夠堅強面對這一切，所以把這些過錯全都怪在莫爸爸的頭上。對不起，小默，我也欠妳一個道歉。」他給了我一個淺淺的笑容，原本好看的酒窩，此刻卻似乎變得有些憂鬱，輕輕地擦掉了我臉頰上的眼淚，「爲我的幼稚，以及先前對妳的冷漠與嚴苛，對不起。」

我搖搖頭，一邊擦掉臉頰上的淚水，「不是的……是我，後來我想了很多，是我一味的接近你，只是怪你爲什麼要變得這麼奇怪，卻從來沒想過每一次的靠近，就會讓你的傷口痛一次，對不起。」

他搖搖頭，輕輕地扶著我的肩，讓我斜靠在他寬寬的肩膀上，然後將手放在我的肩上，「但卻沒想到妳這麼固執，怎麼樣都沒辦法把妳從學生會趕走。」

「對了，」我坐正吸吸鼻子，「那天聽群志學長說才知道，是你推薦我進入學生會的。」

「他連這也講。」

「當時，我總覺得你很奇怪。」

「那是因爲一方面我私心的不希望妳加入學生會，另一方面我又不希望妳因爲沒通過甄選而難過。」

「是嗎？」

看著他默不作答，只是淺淺的微笑著，我突然有種想抱住他的衝動，於是我抱住了他，「謝謝你。」

「小默……還來得及嗎？」

「什麼？」我鬆開手，疑惑地看著他。

「我們之間。」

「王易翔，我不懂你的意思。」

沒有等我把話說完，他突然緊緊抱住我，「就讓我這樣抱著妳，一下下。」

「王易翔，這是好朋友的擁抱嗎？」

他沒有回應，只是默默地這樣抱著我，像是過了十幾秒，又像是過了好幾分鐘。總之在這個時間點，我像是突然失去了時間感知的能力，就像所有時間突然在他擁抱住我的那一刻凝結、靜止，只剩下我撲通撲通的心跳，以及無法言喻的情緒。

照理說，我這麼喜歡他，此刻應該要欣喜若狂，甚至因爲他的擁抱開心得不得了，但爲什麼此刻非但沒有這種感覺，心裡還有些許的惴惴不安？

但是關於這樣的不安，卻又無法明確形容，甚至是不是所謂的「不安」，似乎也有那麼一點點不確定……

到底爲什麼？

「小默。」他輕輕地將他的大手放在我臉上，然後臉慢慢地向我靠近……

這是要吻我嗎？這……我該怎麼做？

天啊，我的心臟快要跳出來了，我……

我緊張地閉上眼睛，也許算是唐突地低下了頭，小聲地說，「王易翔……」

他放開我，然後笑了，很溫柔的微笑，然後用他的手輕輕地拍我的頭，「怎麼這麼緊張？」

「嗯？我不是，我只是……」

他溫柔地撥撥我的劉海，「僵硬的身體，緊繃的臉部線條，就是緊張。」

「王易翔，」我看著他，「對不起，我只是嚇到，有點不知所措而已。」

他又笑了笑，溫柔地在我額頭上輕輕一吻，「我想，我眞的錯過了。」

「什麼意思？」

「或許這是老天爺對我的懲罰吧。」他苦笑了一下，眼底又閃過一絲絲的悲傷，「可以和妳在一起的時候不懂得把握，讓自己在死胡同裡鑽啊鑽，轉啊轉的。」

「不是的，我是眞的……」

他將食指放在我的唇邊，阻止我把話說完，「別說了，這樣會讓我的心更痛的。」

看著他臉上苦澀的笑容，我又忍不住紅了眼眶，「對不起，我覺得自己從沒有改變的，但是……」

「傻瓜。」他再次幫我擦掉了眼淚，「雖然站在情敵的立場，我很不想這麼說，但因爲妳是小默，所以我不得不說。」

「什麼？」

「一個人的時候，仔細感受自己的心，然後閉上眼睛，看看自己想到的是我還是王聿飛。」他停頓了幾秒，「我相信妳想到的人，會是那笑得陽光的林聿飛。」

我搖搖頭，「不是的，是不是因爲在燒烤店的時候，王聿飛的擁抱讓你誤會了？」

他又笑了，然後拍拍我的肩，「傻瓜，但是聽我的話，我相信妳會知道自己的心在想什麼的。」

「對不起。」我低下頭，瞥見剛剛巧鈴塗在我大拇指指甲上的愛心圖樣，沒想到就這麼樣地帶來了幸運，也帶來了王易翔告白的期望。

「別說對不起，是我自己讓情敵有機可趁的。」他聳聳肩，「雖然是情敵，但是站在青梅竹馬的立場，我必須告訴妳林聿飛確實是很棒的男孩。」

「是嗎？」

「嗯，根據我們男生看男生的直覺，不會錯的。」他聳聳肩。「還有一件事……」

「嗯？」

「我之所以知道梁玉靈和妳約在圖書館後面的事情，也是他告訴我的。」他笑了一下，「我問他爲什麼要我過去的時候，他告訴我，雖然他非常想陪在妳身邊，但他覺得妳需要的人是我。」

「他眞的這麼說？」

「是啊，這樣的人，還不夠好嗎？」

我擦掉臉頰上的淚，「謝謝你告訴我。」

「所以，趕快確定自己的心吧。」他又笑了，而且這個笑容真的很好看。

「你幹嘛一定要跟我一起來這裡？」下了客運，我非常納悶地看著和我並肩走著的林聿飛。

「幹嘛這麼凶？」

「不是啦！我不是這個意思。」我轉過頭，看著走回家的路，沒想到離上次回家已經是一個多月前的事情。

和王易翔說開了的那個週末，突然有一股莫名的衝動想回去曾經和他一起長大的小眷村，至於林聿飛則是個意外。在某節課的休息時間，我跟巧鈴聊起這個週末要回家一趟時，坐在旁邊座位明明就在睡覺的林聿飛突然坐直身子，要我帶他一起回來。當時，巧鈴還不客氣地質問林聿飛湊什麼熱鬧，但林聿飛只是俏皮地眨了眨眼，說他想去拍點照片。

「林聿飛，所以你來湊什麼熱鬧啊？」我笑了一下，學巧鈴說話。

「就想拍點照片，妳別忘了我是運動男孩，也是文藝青年。」林聿飛倒也有趣，講的是當時他回答巧鈴的話。

「嗯。」我想起林聿飛的社群網站上，所發布的動態大都是很有人文氣息照片。

「而且妳住的那個小眷村附近，有很多可以拍照的景點，網路上超有名的，我不去朝聖一下怎麼可以。」

我點點頭，「嗯……」

「只是，當天來回有點可惜。」

「因爲明天學姊說會議不能缺席啊。」

「是啊，可惜。」

「我家到了。」繞進一個小巷子，轉個彎，我停在一個紅色的大門前。

「這個信箱，妳畫的啊？」眼尖的林聿飛，指著信箱上的彩繪。

「是啊，國中一年級的時候，颱風把掛著的信箱都吹跑了，後來媽媽買了新的，特別選了木製的，讓我彩繪上去，漂亮嗎？」

「滿有質感的。」林聿飛看了之後，給了簡單的評語。

「這隻銜著信的鳥，是王易翔畫的。」我指著信箱上的白色鳥兒，再指著另一側的淡黃色鳥兒，「這也是。」

「那傢伙也這麼有藝術天分喔。」

「是啊，他樣樣都行。」我點點頭，「我媽媽第一眼看到之後，立刻就說這兩隻鳥一定是王易翔畫的，因爲很漂亮，和我的風格大不相同……」

林聿飛點點頭，「本來就跟其他的花啊、草啊、兔子啊不同風格。」

「我畫的也不錯啊。」我伸手摸摸信箱上的那隻淡黃色鳥兒，想起王易翔當時認真畫著的模樣，沒想到一轉眼，我們都已經成爲大學生。「這信箱好像才剛完成不久，但很多事情都變了。」

「不過，今天怎麼突然想回來啊？」

我嘆了一口氣，「因爲我想念家鄉、也想念爸爸媽媽啦，還有……」

「還有什麼？」

「還有，想回來看看，整理一下自己的心情。」

「整理什麼心情？」

「告白的心情。」我眨了眨眼。

「原來是想再次跟王易翔告白，該不會在心裡偷偷怪我這個跟屁蟲吧？」

我看著他，忍不住笑了出來，決定暫時隱瞞他，「知道就好，這麼不識相。」

「好，我等等就自己隨便走走拍拍照，絕對不影響妳。」

「說到做到喔。」我抿抿嘴，摸著信箱上那隻淡黃色的鳥兒，發現上面好像沾了類似乾掉的樹脂的東西，「這沾到樹脂嗎？怎麼凸起來一塊？」

「我看看？」林聿飛湊近一看，小心翼翼地檢視以及小心地摳著那個類似樹脂的凸起物，「好像刻意黏上去的……弄下來了。」

「是誰惡作劇黏上去的吧！」我笑著，接過林聿飛手上的東西。

「不是惡作劇。」林聿飛突然冒出一句話，盯著信箱。

「啊？」我將鑰匙插在紅色大門的鑰匙孔上，驚訝地看著他。

「妳看！」

「看什麼？」

林聿飛拉著我，指著信箱上的那隻鳥兒的翅膀，「妳看這些小字。」

「什麼小字？」我皺皺眉，看著林聿飛指著的鳥兒翅膀。

上面寫著：小默，我喜歡妳。

「看來，王易翔對妳的喜歡也是從很早之前就開始的喔。」

我看著鳥兒翅膀上的那幾個字，整個心被一種很複雜的感動佔據著，如果當時發現了這個祕密，會不會在那個時候就開始交往呢？有沒有可能，和王易翔之間會有不同的結果呢？

「看來，妳告白成功的機率很大喔。」林聿飛哈哈地笑了，輕輕拍了我的額頭。

「可是有些事情改變了。」我嘆了一口氣，突然想起那天晚上王易翔說他錯過了。

後來想想，也許錯過的人其實是我自己，而且是從一開始的時候……

就錯過了。

「不好意思，好像讓你白跑一趟。」在客運的車上，我滿臉抱歉地對林聿飛說。

「幹嘛不好意思啊？是我自己愛跟的，再說，我還是拍到一些照片了。」

「謝謝你，沒想到，我爸爸媽媽一起去歐洲玩，而且是今天早上凌晨出發，竟然都沒跟我講一下，超級過分的。」我回想今天一回到家，看到茶几上的紙條時，除了相當錯愕之外，還一度以為這一切是惡作劇。當時的我甚至覺得不可思議，確認房間裡空無一人之後，立刻衝去隔壁鄰居家探探消息，結果隔壁的李太太說爸爸媽媽確實一大早就出發去旅行，還要請她多多幫忙注意門戶什麼的。

「看我爸媽，是不是很過分？我明明就說這星期要回家，竟然都不告訴我。」

「因為這是他們給妳的『驚喜』。」林聿飛笑了一下。

「我倒覺得是一種惡作劇。」我皺皺鼻子。

「哈，說不定是懲罰他們的女兒這麼久沒回家。」

「我也是這麼想。」

「不過，看到紙條的旁邊放了一大包妳愛吃的零食和健康食品，就知道他們有多疼妳了。」

「是啊，」我點點頭，「而且連王易翔的那一份都準備了。」

「叔叔和阿姨也很疼王易翔吧？」

我看著林聿飛的側臉，想了想，「嗯，小時候就滿疼他的，大概因爲我和他年紀差不多的關係，就當成自己的兒子這樣吧。」

「嗯……」

「而且從小到大，王易翔就像個哥哥一樣，我的許多麻煩事，許多喜怒哀樂狗屁倒灶的事，好像都是他第一時間幫我解決的，也許這也是爸爸媽媽疼他的原因。」我吸了一口氣，「所以……」

「所以怎麼樣？」

「發生了那件事情之後，我想……除了王易翔之外，爸爸媽媽的傷心難過應該不亞於我。」

「妳這麼說，我想應該也是。」

「其實……」我看向窗外，思索是不是該把話說完。

「話怎麼說一半？」

「沒什麼啦，王易翔前幾天也回來過一趟。聽說和我爸爸媽媽聊了很久。他事後跟我講的時候，」突然有一股酸楚的感覺湧上心頭，「我知道他眞的放下了原本掛記在他心中的恨，他是眞的釋懷了。」

「太好了。」

「嗯……我知道他一路走得辛苦，尤其聽到他說當時差點想不開，我眞的覺得幸好這個大男孩沒有眞的這麼做。」

也許看我變得嚴肅與難過，林聿飛拍拍我的頭，「我懂。」

「是從前的我太自私了，只是一廂情願地想接近他，從不考慮他的感受。」

「不過現在說開了，他也釋懷了，這樣就好了，不是嗎？」

「在他花了很大很大的力氣之後。」

「所以囉！別想太多，以後的事才是最重要的。」

「是的，以後的事。」我抿抿嘴，笑了一下。

「那等一下回到學校，要不要直接去找他？」

「爲什麼？」

「不是有人想告白嗎？」

納悶了一下，我又給了他一個笑容，「這件事情，我會自己找機會的。」

「擇期不如撞日。」

「再說吧。」我刻意看向窗外，卻忍不住地笑了出來，窗戶上的倒影，有我的竊笑。

「你們已經錯過彼此太多次了，當心被別人捷足先登。」林聿飛裝出張牙舞爪的動作，「光是那凶猛的梁玉靈就夠了。」

我噗哧笑出來，「你幹嘛把學姊形容得像洪水猛獸？」

「難道不像嗎？」

我指著他，「我什麼都沒說，這可是你說的，我要錄音存證。」

「請便。」林聿飛聳聳肩，「也許因爲她的對手是王易翔的青梅竹馬，所以她也逼急了，狗急跳牆嘛。」

我笑著，但是聽到「青梅竹馬」這四個字，我突然想起巧鈴說的「最恐怖的動物」，「對了，林聿飛，我想問你一件事。」

「好啊。」

「你說你覺得我很像李楨吧？」

「對啊。」他聳聳肩，「第一眼見到妳的時候。」

「第一眼，所以……」我仔細回想自己和王聿飛可能的第一次見面，「是新生訓練的班會時？自我介紹的時候？」

「嚴格說起來，不是，」他神祕地笑了一下，「但是班會時的自我介紹，在台上說話的樣子，眞的讓我覺得更像了。」

「什麼叫做嚴格說起來？難道我們以前見過面？」

「祕密。」

「幹嘛賣關子啊！」我輕哼了一聲。

「以後有機會再告訴妳，因爲妳好奇的樣子實在太有趣了。」

「機車。」我聳聳肩，「好啦，所以現在你還是覺得我們像嗎？」

他想了想，「相處之後，我發現妳們個性截然不同，雖然同樣是長頭髮，笑起來的時候有些角度還是有點像。」

「那，所以……」我摸了摸大拇指上的愛心圖案，愛心邊緣的地方因爲已有些時日的關係顯得斑駁，但不知怎麼的，我總覺得即便如此，巧鈴對我的戀愛祝福一樣靈驗。

「怎麼欲言又止？」

我嚥了嚥口水，發現自己眞的不知道該從何說起，問了怕有點尷尬，不問又無法消除自己心中的疑慮。

「所以想說什麼？」見我沒有說話，林聿飛再次拋出問句。

我吐了一大口氣，「林聿飛，所以你喜歡我，是因爲覺得我像李楨嗎？」

「莫默，妳怎麼這麼想？」他挪動身子，驚訝地看著我。

「是嗎？」

「也許一開始是因爲覺得妳像她，才開始注意妳的，」他認眞地說，「但就像我剛剛所說，相處之後，我知道妳們是完全不同，而且我很清楚妳是妳、李禎是李禎。」

「眞的嗎？」

「眞的。」他看著我，笑了笑，「話說……怎麼突然問我這些奇怪的問題？」

我苦笑了一下，「沒什麼，只是突然想到而已。」

「原來如此。」林聿飛站起身，拿起放在上方置物架上的背包，然後放在腳邊，坐回座位，「快到站了。」

我看著窗外，「嗯。」

「等等吃完晚餐，還有想去的地方嗎？」

我搖搖頭，「沒有，就回宿舍吧！你呢？」

「既然妳沒有想去的地方，送妳回去之後，我先繞去校隊辦公室一趟再回住處休息吧！」他笑了一下。

「吃完晚餐有點晚了，辦公室還有人嗎？」

「說不定都還有人在體育館練球呢！」

「這麼拚命？」

「當然，以目前的戰績來看，很有可能進入決賽。」

「太棒了……」我想起先前他的邀約。

「別忘了，進入決賽的話，妳和巧鈴有專屬的位置喔。」

「好。」我點點頭，「我們會去幫你加油的。」

「一言爲定。」他伸出打勾勾的手勢。

我翻了白眼，和他打了個勾勾，「幼稚。」

「要出門喔？」剛進宿舍房門，正好看見背著背包的巧鈴。
「沒啦，我剛回來。妳怎麼這麼快就回來啦？」
「我爸爸媽媽出國了，所以和林聿飛吃完晚餐就回來了。」
「那林聿飛咧？回去囉？」
「他說他去球隊辦公室看看，也許想練練球吧。」
巧鈴將背包放下，「聽說今年的校隊很強，大家都很看好。」
「他今天還再次提醒，決賽親衛隊的位置有我們兩個。」
「哇塞，變相地要人去幫他加油就對了。」
「沒錯。」
「但是，儘管知道這是個圈套，我依然很願意。」
「啊？」我以爲巧鈴會繼續「吐槽」的，卻沒想到她這麼說。
「一群高高瘦瘦賞心悅目的校隊球員，這麼好的福利，爲什麼不把握？」巧鈴聳聳肩，「班代他們聽到我們有專屬座位，可是羨慕得不得了耶。」
「免費球賽，不是每個人都可以參加嗎？」我覺得納悶。
「是啊，但總決賽耶！我聽學姊說過，每年的總決賽都會早早去排隊的。」

「是喔……」

「對，妳看林聿飛還給了我們專屬的位置，這讓多少人羨慕啊！」

「原來是這樣。」

「所以，其實我們該謝謝他。」

「也許吧。」我點點頭。

巧鈴拉下髮圈，然後重新綁了馬尾，「對了，那這趟回去……有沒有想得更清楚一點？」

「坦白說有好幾次，聊到某些話題時，眞的衝動地想向他說明自己的心意。」

「那幹嘛不說？」

「不知道。」我聳聳肩。

「妳不知道，但我知道。」

「啊？」

「因爲李禎吧。」巧鈴挑挑眉。

「巧鈴，妳也太神了。」我看著眼前的好朋友，驚訝於她敏銳的直覺。

「因爲妳的言談之間，就是透漏著『在意李禎』、『在意李禎』、『在意李禎』。」巧鈴說了三次，表示強調的意思。

我抿抿嘴，「我甚至連他之所以喜歡我，是不是因爲我長得像李禎的話都問了。」

「那他怎麼說？」

「他說他會注意我，確實是因爲覺得我像她，但他很清楚我不是她。」

「那就對啦！那還在意什麼？」

「我也不知道，就覺得想要在準備好心情的情況下告訴他的。」

「唉唷，還要準備什麼，小心再準備，他就被搶走了。」巧鈴搖搖頭，「不如，我們現在去找他？」

「不要啦，幹嘛找他……」

「莫默！妳對王易翔的勇氣呢？」巧鈴吐吐舌，拿起我放在桌上的手機，「我打給他，問他是不是還在體育館。」

我看著眼睛骨碌碌地轉的巧鈴，她將手機按掉之後又播了一次，「還眞的沒接，應該在打球吧……接了！林聿飛，喔，他在練球嗎？」

我看著巧鈴，看著她臉上奇怪的表情，以及說了一些讓我摸不著頭緒的話，直到她掛了電話，才緊張地問，「林聿飛在打球吧？」

「嗯，正在練球，三對三吧。」

我點點頭，「喔，果然忍不住開始練球了，但……巧鈴，妳的臉色怎麼這麼奇怪啊？」

巧鈴拍拍她上了點淡妝的臉頰，「有嗎？」

「嗯……」看著避開我眼神的巧鈴，我突然覺得事有蹊蹺，「到底怎麼了？」

巧鈴嘆了一口氣，「好啦，我知道我不會說謊，也瞞不過妳。雖然不代表什麼啦，但是……就覺得很奇怪，總之……」

「巧鈴？」看著巧鈴這麼奇怪的樣子。

「剛剛的電話，是李禎接的。」

「李禎？」雖然就像巧鈴所言，這不代表什麼，但聽到這個名字，心臟卻漏了一拍。

「對，不過，這也不代表什麼，可能林聿飛剛好不方便接電話，所以李禎幫他接了。莫默，我們別多想，反正明天再問林聿飛就好了。」

「嗯。」我點點頭，躺在下舖的床上，有很多的問號突然冒了出來。

雖然心裡感覺酸酸的，更有一種微微複雜的情緒翻湧，但是截至目前為止，我的理智不斷地提醒自己，不管林聿飛現在和誰在一起做什麼，都不是我管得著的。

林聿飛確實在不久之前向我告白過，但是後來的自己不是也直接拒絕了他嗎？

也許整件事情想起來，確實是自己太遲鈍，遲鈍到竟然沒察覺自己眞正的心意，一直把自己對王易翔的感情當成堅定的愛情，結果忽略的總是陪在我身邊的林聿飛，甚至在林聿飛告白之後，直截了當地拒絕了他。

現在的他如果決定追求別的女孩，甚至決定回頭和前女友在一起，這些……不是都與我無關嗎？

莫默，妳這個笨蛋，在很久很久以前，妳錯過了初戀王易翔，在很久很久之後，妳又笨到錯過了林聿飛。

「莫默，別想太多啦！」

我抿抿嘴，「嗯，我先去洗澡了。」

「等等。」看我下床拿了盥洗用具，巧鈴抓住了我。

「嗯？」

「不然我們去找林聿飛好了。」

「爲什麼？」

「胡思亂想是戀愛的大忌。」巧鈴搶過我手上抱著的臉盆，放回原位，「走！」

我認眞地搖搖頭，「我不要。」

「爲什麼？」

「想想算了。」

「莫默！」巧鈴抓了桌上的一本原文書，「啊，反正我正好有一本書要還他，說好今天還的。」

我皺緊了眉，怎麼會不懂巧鈴的心思，「巧鈴……」

「走啦，陪我去，雖然我很想逼妳去，但是這本書是眞的要還他喔，妳應該不會希望我一個人去吧？」

我翻了白眼，「好啦。」

「其實就算沒有這本書，我還是會拖著妳去的。」巧鈴開心地勾著我的手。

「我知道。」

「不過，去看看也沒什麼關係啊！順便去給個下馬威。」

「什麼下馬威啦？」

「讓情敵知道，舊愛不一定最美啊。」

我嘆了一口氣，「眞服了妳，也服了自己，幹嘛要跟妳來。」

「我就是不想看妳因爲這種小事情不開心，胡思亂想是戀愛的大忌。」

「我和他又沒在談戀愛。」

「我的老天爺呀！要不是妳的愚蠢，你們早就在一起了。」巧鈴用誇張的語氣說著。

「不過話說，妳怎麼發現自己眞正喜歡的人其實是林聿飛的？」

我沉默了幾秒，「在王易翔告白之後。」

「王易翔告白？」

「對，就在妳幫我畫上愛心指甲油的那天，」我苦笑了一下，「很扯吧。」

「哇塞，妳眞的是名符其實的天菜磁鐵耶。」

「才不是。」

「不過是個非常遲鈍的天菜磁鐵。」巧鈴吐吐舌，再次強調，「所以呢？王易翔告白之後？」

「我卻在那個當下，避開他了。」

「他想親你的時候？」

我皺皺眉，覺得自己刻意避開的這一段，竟然被巧鈴猜個正著，「對。」

「莫默，妳竟然跳過這麼一大段沒向我報告。」

「不是，是覺得難爲情。」我苦笑了一下，「也正好沒有談起這件事。」

「然後呢？在那個當下，不就很尷尬？」

「有一點，但也是因爲王易翔的關係，我才有機會發現藏在心底最深、最眞切的祕密。」

「嗯……」巧鈴拍拍我的肩，「加油。」

「我會的。」我點點頭，和巧鈴經過文學大樓的轉角，想往體育館的方向走去，但是正在轉角轉彎的地方，正巧看見往我們的方向走來的身影。

很熟悉，但是又有點陌生的身影。

「林聿飛？」巧鈴先是叫了他的名字。

「這麼巧？這方向……妳們該不會是想來找我吧？」

「這麼臭美。」原以爲巧鈴會直接給予肯定的答案，但沒想到她並沒有，而我想，她之所以沒有這麼回答的原因，應該是因爲李禎在場的關係，她邊說邊在此刻偷偷拉了我的衣角。

我看著眼前林聿飛背著李禎的樣子，發現頓時好像不知道該說些什麼，平常明明和林聿飛無話不談的，但此刻竟然顯得這麼不自在，我偷偷瞄了李禎一眼，輕靠在林聿飛背上的她，用她大大的眼睛看著我們。

「莫默，剛剛不是說累了？怎麼還出現在這？」林聿飛帶著微笑問我，路燈將他和李禎的影子拉得長長的。

「因爲、因爲巧鈴說要……」

「因爲我說吃太飽了，拉著莫默陪我散步。」巧鈴邊說，邊拉著我的手，暗示我將手上要還給林聿飛的書放好。

「原來如此。」

「嗯。」我把書不著痕跡地放在背後，擠出笑容，但在這個同時，我又不自覺地偷瞄了李禎一眼。

「其實也想說往體育館的方向隨便走走，如果遇到你的話，再來和你討論一件非常非常重要的事情。」

「什麼事？」

李禎拍拍林聿飛的肩，「聿飛，要不要先放我下來，如果你們要討論什麼的話。」

「不用了。」巧鈴翻了白眼，「要說的那件事，莫默剛剛說突然忘了。」

我拍了巧鈴的手一下，「巧鈴，幹嘛亂說啦。」

「那想到再說。」

「好。」我看著林聿飛，發覺此刻的自己好像變得有點奇怪，根本無法用平常的態度和林聿飛說話，想告訴自己應該盡可能地表現得自然一點，但是有點快的心跳，以及一看到李禎，好像就會處於一種緊繃的狀態，讓自己完全無法自然一點，「所以……要送李禎回去嗎？」

「喔，還有另外兩位同學，先去附近的豆漿店等我們了，」李禎看看手錶，笑得甜甜的，「也等了好一會，我們差不多要先過去了。」

「喔，那快去吧。」我盡可能地擠出笑容，但是由衷地希望這個笑容看起來還可以，「我們先走了。」

「嗯，拜拜。」

「再見。」

「快去吧。」巧鈴揮揮手。

「妳們要一起去嗎？吃個消夜。」林聿飛挑挑眉。

「不用啦，你們去吧。」

「嗯。」林聿飛笑了笑，在李禎也揮手說了再見之後往前走了幾步，然後停了下來，「對了，莫默。」

「嗯？」我轉身看著林聿飛，不知怎麼地，今天突然覺得和他的距離好遙遠。

「晚點打電話給妳。」

沒料到林聿飛會這麼說，「好。」

「拜拜。」

和林聿飛他們的距離愈拉愈遠之後，巧鈴開口，「有種……酸酸的感覺喔。」

我皺皺鼻子，「也許吧。」

「哇，竟然連反駁都沒有，可見眞的很在意。」從這裡我走到一旁的涼椅坐下，將那本原本要還給林聿飛的書放在一旁，「剛剛看他背著李禎的樣子，我才發現原來自己眞的很在意。」

「一定會吃醋的啊！何況是前女友。」

「嗯，也許因爲是前女友，所以特別在意，也或許是因爲對他的喜歡早已超過了我所想像。」

「非常能體會呀。」

「巧鈴……爲什麼我又有一種即將錯過的感覺？」

「不會的，我的莫默大小姐，妳這是因爲在意，所以患得患失。積極一點，就不會錯過了。」

我點點頭，看著前方正聊天打鬧的幾位同學，心想是不是眞的積極就不會失去這份還沒開始的愛情。

「可以的話，告白吧！」

我輕輕應了聲，「唉……」

「林聿飛也勇敢的告白過啊！一人一次很公平的。」

其實有點後悔，覺得剛剛應該堅持去洗澡，就不會和巧鈴出去遇見林聿飛和李禎的，當然也就不會到了現在，所有的事情都做完了，從圖書館借來的小說也看完了，還偶爾聽到巧鈴的鼾聲，我卻陷入非常有精神，絲毫沒有任何睡意的狀態。

我躲進棉被裡，翻來覆去的，最後告訴自己一定要閉上眼睛，但無論試過了哪些方法，精神好就是精神好，竟然無法改變什麼。

在棉被裡的自己，拿出手機，盯著微微發亮的螢幕，仔細看了又看，不管是未接電話、手機簡訊的選單，或是通訊軟體的對話視窗，都沒有任何林聿飛的訊息，但他明明說晚點會打電話給我的，不是嗎？

腦子裡想了很多，雖然知道他可能只是因爲累了休息了所以忘了打電話，還是忍不住地往他可能陪她去哪裡、去做了什麼的方面去想，這種夾雜著失落以及複雜的猜測，逼得我心神不寧，根本無法靜下心來。

因爲躺了將近三個小時，依然完全無法入睡，於是爲了避免吵醒巧鈴，我拿起手機決定到交誼廳去。

原以爲儘管十二點多了，交誼廳還會有一些看電視的同學，但出乎我意料的，竟然安安靜靜的，連一個人都沒有，拿起遙控器，我將電視隨意轉到某個綜藝節目頻道，然後開始滑手機，打開每天都會隨意瀏覽的社群軟體。

一打開社群軟體，映入眼簾的畫面，是王易翔發布的活動資訊，繼續往下滑，看到的是林聿飛被標註的照片，照片是地點是學校附近的那間豆漿店，發布的時間是十分鐘前，文字的敘述大概是提到久未重逢、話題天南地北之類的話語。

所以，他們可能還在豆漿店吧！因爲聊得太開心，所以忘了說要打電話給我嗎？

我按下發布文章，打了這樣的一段話。

「原以爲早已習慣了等待，原以爲早已磨出了非比尋常的耐心，但直到今天才發現，原來我的耐心少得可憐，連一分鐘的等待都覺得難熬。」

才剛發布沒多久，我的手機響了起來。

「喂，王易翔？」

「小默，怎麼了？剛剛的發文。」

「沒事。」

「小默！」

「其實也沒什麼。」

「和林聿飛有關？」電話那頭的王易翔沉默了幾秒，「是因為他剛剛被標註的照片嗎？」

「你怎麼知道？」

「我這麼了解妳，怎麼可能不知道？」王易翔笑了一下，「所以，等待的意思是？」

我嘆了一口氣，「說了你不要笑我喔。早一點的時候，我和巧鈴要去體育館找他，他和他的幾個高中同學正好要前往學校附近的那間豆漿店，他說晚點會給我電話的。」

「那怎麼不主動找他？」

「我不知道。」

「哈，看來我們小默真的很在乎那傢伙喔。」

「王易翔！」

「主動打給他啊！有什麼關係？」

「我就是不知道。」

「還是……他朋友是女生？或者，有妳在意的對象？」

「完全瞞不過你。」我又嘆了一口氣，「其中一個人是他的前女友。」

「前女友呀……」

「王易翔，我問你，前女友對你們男生來說，是不是無比重要？」

「看人吧。這麼說好了，有些人在意的不一樣，像我……」

「嗯？」

「我在意莫默。」

「王易翔！」

「放心，沒有什麼意思的，只是想讓你知道，我在意的是我的青梅竹馬。」

「對了，今天林聿飛陪我回去眷村了，然後發現那個信箱上的祕密。」

「終於發現了，妳這遲鈍鬼。」

「覺得好像被開了一個大玩笑，原來可能在我喜歡你之前，你就喜歡我了。」我苦笑了一下，「我原本以爲你喜歡的類型是鄰居大姊姊呢。」

「這些都是往事了，重要的是現在，別想太多。快去睡覺，不然就打通電話給那傢伙吧。」

「好啦。」

掛斷電話之後，既沒有照著王易翔所說去睡覺，也沒有打電話去給林聿飛，我只是把手機放在一旁，弓起膝蓋看著電視。

直到綜藝節目接近了尾聲，換了另一個談話節目，我的手機鈴聲響了起來。

我看著手機螢幕顯示的未知號碼，猜想這麼晚了會是誰，然後決定把手機放回木椅上，發現同一個號碼又撥了兩次。

「喂？」微微緊張地接起電話，因爲時間太晚的關係，我已經做好接到惡作劇電話的心理準備。

「莫默，睡了嗎？」電話那頭傳來的聲音是林聿飛。

「林聿飛？這是什麼電話號碼？」

「我用公共電話打的。」

「手機呢？」

「手機沒電了，剛剛邊聊忘了時間，還沒回住處充電，想說先用公共電話打給妳。怎麼還沒睡？」

「沒有啦，我想說……」

「在等我電話嗎？」

猶豫該不該承認的同時，我聽到有人叫他名字的聲音，「好像聽到有人叫你。」
「嗯，等一下。」林聿飛輕輕地說，「妳呢？要睡了嗎？」
「還沒吧。」
「這麼晚了，巧鈴呢？該不會又去約會了？」
「沒有，她今天好像滿累的，早就睡了。」
「所以妳失眠了？」
「對。」
「爲什麼？」
「沒什麼。」
「莫默？」
「嗯？」
「妳在宿舍吧？」
「正在交誼廳看電視。」
「十分鐘後，我在那個祕密基地等妳。」
「喂？林聿飛？」我喊了他的名字，但他直接掛了電話。
然後，我只好乖乖地關掉電視，前往那個曾經和他一起喝熱牛奶的祕密基地。
這一次，同樣差點迷路，不過憑著記憶還是很快地走到目的地，坐在上一次和他聊天的位置，我輕靠著牆面，無聊地滑著手機。

「等很久了嗎？」沒多久的時間，他突然走到靠近欄杆的地方。

「還好，謝謝。」我笑著，接過他像上次那樣辛苦遞過來的熱牛奶。

他坐在之前他坐的位置，弓起了膝蓋看著我，「我猜是等我的電話才失眠的，先說好，可別像巧鈴一樣說我臭美喔。」

我苦笑了一下，「臭美。」

「太故意了。」

「莫默，對不起。」

我看著說得認眞的他，然後點點頭，突然間不知道該回應什麼，「什麼對不起？」

「王易翔特地到豆漿店找我。」

「什麼？」因爲太驚訝的關係，我差點嗆到，「他去找你？」

「因爲我手機沒電，他才想直接來找我。」

「爲什麼？」

「他說妳在等我電話，問我是不是忘了這回事。」

低下頭，我看著手中的熱牛奶，然後發現此時此刻的自己，竟然不知道該說什麼。

「嗯，相信我，我眞的沒有忘記，因爲手機沒電，沒能立刻撥給妳，心想著回住處的時候再打給妳，但後來聊到了一些事，才耽誤了時間。」

「其實，我也沒什麼立場要求你一定要打電話給我，所以沒關係啦。」我揮揮手，「反正忘了時間也很正常，別放在心上。」

「李禎她……」

「嗯？」

「突然說了一些話。」

聽到這個名字，看到林聿飛的神情，我想我好像大概猜出了端倪，雖然下意識地想略過，但是又忍不住地想知道自己猜得對幾分，「她說了什麼？」

「希望我考慮一下關於重新開始這件事。」

果然！我苦笑了一下，「心動了嗎？」

「也許不是心動。」他也苦笑了一下，「我很清楚自己要的是什麼。」

「什麼意思？」

「算了，換個話題吧。老實說，剛剛聽到王易翔說妳在等我的電話，我滿開心的。」他看了我一眼，「但也覺得抱歉。看來他滿關心妳的。」

「嗯，就像你關心我一樣，不是嗎？」我看著他，「也就像……和玉靈學姊在圖書館後方聊過，我大哭的時候，你要王易翔來陪我一樣，不是嗎？」

「嗯……」

「謝謝你們都對我這麼好。」

他笑了，溫柔的那種，「對了，莫默。明天下午練完球，我們一起吃晚餐，然後去看場電影好不好？」

「看電影？要看哪部啊？」我放下熱牛奶，腦海裡突然想到在我的書桌的桌墊下放了好久，而且重新黏貼過的電影票。

「最近那部純愛電影或是那部好萊塢大片都可以，我請客。」

「好啊。」我點點頭，「那我通識課下課，直接去體育館等你。」

「好。」

「不過，電影票各付各的就好。」

「幹嘛這樣？」

「但你要請我吃爆米花。」

「那有什麼問題。」

「一言爲定。」我哈哈地笑了，突然覺得儘管和眼前這位大男孩隔著一個陽台，在這踮起腳尖、伸長了手臂也未必碰得著對方的手的距離中，此刻卻覺得靠近。

「妳也來看聿飛練球嗎？」

「喔，和他約好。」我才剛走到體育館，找了一個沒人的位置坐下不久，李禎就和那位平劉海的女生，坐在我身旁問我。

「不過，今天好像比較早結束。」李禎笑了笑，淺淺的微笑。

「嗯。」我看著場上只剩下三位校隊球員，猜想林聿飛應該已經去盥洗室準備了。

「沒記錯的話，妳叫莫默吧？」平劉海的女生說。

「嗯，莫默。」

「好特別的名字。」李禎笑了，一樣是淺淺的笑。

看著她的側臉，她的眼睛以及髮型，讓我頭一次覺得眞的滿像我的感覺，「妳的名字也是。」

「我可以問妳一件事情嗎？」

「什麼事？」

「妳是不是喜歡聿飛？」

我看著她，再把目光移向球場，因爲想到林聿飛昨晚提到李禎的心意，我開始猶豫應該怎麼回答，我是不是應該直接了當給個肯定句，還是應該顧慮她的心情呢？

「是嗎？」在我還沒回答的時候，她不死心又追問了一次。

「是。」我看著她，這次沒有閃躲她的眼神。

她點點頭，吸了一大口氣，「聿飛不知道妳喜歡他吧？」

我笑了一下，「不知道……怎麼了嗎？」

她又笑了，然後輕輕咬著下唇，「昨天，我向他表明了心意。」

「嗯……」

「我告訴他，我很後悔當初因爲課業放棄了他，還告訴他如果可以，我希望我們可以重新在一起。」她嘆了一口氣，「但他拒絕了。」

根本不知道現在應該回應她什麼，也許我應該說些安慰的話語，但是一來因爲交淺不言深，二來因爲覺得立場的關係，好像說什麼都是矯情，我只好點點頭。

「一直以來，我都是個很清楚自己要什麼的人，像我這樣的人當然從不後悔，」她輕哼了一聲，「但如果硬要我說，聿飛……是我唯一最後悔的決定。」

她看著我，「我是一個很驕傲的人，所以別人的安慰對我來說很多餘，尤其是情敵的。」

「我懂了。」我點點頭，心裡有點欣賞這份直接。

「昨天和聿飛聊過，他講得很清楚，所以我知道現在我就算對妳宣戰，也毫無勝算了，」李禎站起身，「但我想說的是，如果妳再不好好把握，宣不宣戰又是另外一回事了。」

「嗯。」

「他來了。」

我站起身，看著朝著我們走來的大男孩，心裡消化著李禎的話。

「妳們在聊什麼啊？」

平劉海的女生站了起來，「在聊想約莫默去吃晚餐、逛逛街。」

「最好是，」林聿飛哈哈地笑了，「可惜，我們已經說好要看電影了。」

「嗯，那我們先回去了。」李禎拉了拉包包的背帶。

「所以到底聊了什麼？」

李禎笑了一下，「在聊，爲我的愛情畫上句號的話題。」

「好可愛！」林聿飛哈哈地笑了，拍拍我的頭，「怎麼突然想剪短頭髮？」

「好看嗎？」

「超可愛的。」林聿飛笑著，撥了我的劉海，「不過到底是受到什麼刺激，幹嘛這麼想不開？」

「不是想不開。」我拿著手上的電影票，和林聿飛一起走到爆米花櫃台點了想吃的口味以及飲品，「是想開了。」

「想開了？」林聿飛歪著頭問我。

「我們在三廳……」捧著爆米花的我，用下巴指著前方的位置。

「要進去了嗎？還有一點時間。」

「進去吧，我要先來享用我的爆米花。」

「嗯。」和他一起走進放映廳，找到了自己的位置，把包包放在一旁，也許是平日的關係，以目前進場的人來看，人好像其實不多，「妳還沒告訴我，爲什麼突然趁著開演前的空檔要去剪頭髮？計畫很久囉？」

我捧著爆米花，「也許因爲李禎的話，讓我有了勇氣吧，不希望自己後悔。」

「她到底說了什麼？」

「她說她從不做後悔的事情，但是……你是她最後悔的決定。」

「她眞的這麼說喔？」

我沉默了幾秒，「對啊，也許時光如果倒轉，你們不會分手。」

他想了想，然後聳聳肩，「也許吧，但這和妳爲什麼剪短髮有什麼關係？」

我摸了摸後腦勺，沒想到齊耳的短髮比我想像中的還要來得短，「從前想都沒想就留長了頭髮，其實是因爲王易翔……因爲和我們一起長大的鄰居大姐姐，是我們心目中的女神，所以我以爲學她留了一頭長髮，可以幫自己加分。」

「嗯。」

「現在決定剪短，是因爲我不想再爲王易翔或是誰改變自己，當然還有另一個原因就是……」

「什麼？」

「因為有人說我的長髮和說話的樣子，有點像他的前女友。」
「幹嘛這樣說？」
「我不想因為像誰，才被你喜歡的。」
「我說過了，我很清楚誰是誰，也很清楚自己喜歡的人是誰。」
我點點頭，「林聿飛。」
「嗯？」
我看著他，心跳的速度變得有點快，「我喜歡你。」
「莫默？」他驚訝地看著我，然後就在此刻，放映廳的燈光暗了下來，前方的大螢幕開始播放電影院的宣導影片。
「我喜歡你，我以為李禎的出現，會改變什麼，但是幸好……你還在。」
「傻瓜。」他笑了，溫柔又帥氣的那種微笑，「我記得我說過，只要妳還需要我，我永遠都在。」

看完電影，走出燈光閃爍的百貨大樓，動作片英雄式的畫面仍讓人感覺震撼。
「怪不得網路上一堆人推薦。」他拉了我一把，要我往左走，前往機車停車處。
「是啊。」我笑著。

「還好選擇先看這一部。」

「原來這裡晚上這麼熱鬧。」

「是呀，市區夜生活，沒聽過嗎？」他哈哈地笑了，「雖然現在才晚上八點半。」

我展開雙臂，吸了一下空氣，「夜生活的味道……沒想到自己也會是這其中的一份子。」

「再晚一點，也許有不同的風景。」

我點點頭，「是啊。」

「這邊。」他又拉了我一下，「妳眞是名符其實的路痴耶。」

「哼，我只是不想花腦筋在這無聊的事情上，我要用心去感受其他。」

「是。」

「雖然從前王易翔也這樣說過我，說我眞的是個不折不扣的路痴。」我走到紅磚步道旁的木椅上，「但他也說過，反正他認得路就好了。」

「是啊。」林聿飛坐在我身旁，「現在有我記得路，也就沒問題了。」

我看著他，嘴角忍不住地上揚著，「你這學人精。」

我看著林聿飛的側臉，他正往前方看著。

「謝謝妳終於肯看看王易翔以外的世界。」

「幹嘛突然說這個？」我納悶，想起之前自己曾在他面前不斷地提起王易翔的事，更想起當時的他總是要我看看其他的人。

「前陣子答應妳以後要認眞追求別人的時候，雖然當時是爲了讓妳放心，後來我才發現這是一件多麼不容易的事情。」

「對不起，是我太遲鈍。」我苦笑了一下，「然後兜了一大圈，差點以爲自己會失去你。」

「別想太多。」他輕撥了一下我的頭，「短髮好可愛。」

「對不起喔，害你這個長髮女孩控不能滿足這樣的癖好。」

「誰說我是長髮女孩控？」

「不是嗎？」我輕哼了聲。

「當然不是。」

「不是最好，反正你現在也逃不出我的手掌心了。」我眨眨眼，攤開右手掌心。

「我很樂意。」他哈哈地笑著，將我的手緊緊地握住，「莫默，我眞的很喜歡妳，其實常常有失去對方的感覺的人，是我才對。」

「對不起……」

「所以，謝謝妳眞的爲我停下了腳步，看了我一眼。」他笑了一下，「畢竟我是渺小的螞蟻……」

我噗哧地笑了一下，想起他之前曾經提到過的「螞蟻」理論，我挪動身子，認眞地看著眼前的大男孩，沒想過在球場上意氣風發，在群體中這樣與眾不同的他，此時此刻竟然對我說著這樣溫柔的話，更沒想到當自己想都沒想地就把他推開以後，還有這樣的幸運，獲得這樣的幸福。

我看向前方，「一直以爲王易翔始終在我心裡，從沒想過對他的感覺已經不再是一開始的那種喜歡，是我忽略了，那樣的感覺早已轉化成一種習慣、一種依賴，抑或是一種……追悼回憶存在的一種感覺。」

「莫默？」

我將食指放在嘴邊，示意要林聿飛聽我講完，「然後我才發現自始至終，始終在我身邊陪著我的是另一位大男孩，謝謝你，林聿飛。謝謝你在我開心的時候陪著我，難過的時候遞了一瓶熱牛奶給我。」我笑了一下。

「所以是熱牛奶幫本人加分的囉？」

「可以這麼說，」我故意點點頭，「還是戀愛聖地的氣場果然有它的效果？」

「很有可能。」他也笑了。

「林聿飛！」

「怎麼了？怎麼這樣看我？」

「你的臉上好像有一個爆米花的屑屑耶。」我睜大了眼睛看他，揮手要他稍微低下頭。

「哪裡？」他眞的低下了頭，用手拍拍他左右邊的臉頰。

「再過來一點。」

我假裝認眞地拍拍他的左臉頰，刻意忽略因爲靠近而跳得好快的心臟，然後趁他毫無防備的時候親了他的臉頰，再快快地往停車場的方向跑去。

他哈哈地笑了，立刻抓起包包追著我往前跑，但沒幾步路，他立刻從後面攔腰抱住了我，「竟然偷襲我。」

「好啦，我知道錯了，放開我啦。」我看了一下坐在一旁的幾個女生，正往我們方向看過來，「林聿飛，快啦，好丟臉。」

他放開了我，但是牽起我的手繼續往前走，「剛剛就不怕丟臉嗎？」

「剛剛那裡正好沒人嘛。」牽著他的手，我開心地晃來晃去。

他的大拇指動呀動，放慢了往前走的步伐，「莫默，記不記得之前我說過自我介紹那天並非第一次遇見妳？」

「喔，對。」我睜大了眼睛，「但你始終賣關子，所以？」

「高三那年，我們社團老師帶我們去你們學校參觀，大概是什麼社團交流吧。」

「喔？」

「記不記得妳在校園掉了一地的作業本？」

「不會吧？你是……那個男生？」

他點點頭，淺淺的笑容有著深深的酒窩，「嗯。」

「天呀，我竟然沒認出來。」

「哈。」他又笑了，「我就是在那當下覺得妳有點像李禎的，也許是因爲這樣，上了大學之後，才對妳特別有印象。」

「哇……好神奇的經歷喔。」我睜大眼睛看著他，想起那一天我幫導師從導師室抱了一大疊的作業本回教室，突然刮起了一陣風，因爲擔心制服短裙吹起而不小心把作業本散落一地，那時旁邊涼亭坐了兩三個穿著外校制服的男同學，其中一位高高瘦瘦的男生走到我身旁，幫我撿起散落在地上的作業本，還貼心地幫我抖落作業本上的灰塵，順便幫我整齊放好。當時我在尷尬之餘，還悄悄覺得這個人很貼心。

當時只是覺得這個外校的大男孩很貼心，長得滿好看，但對我而言他也不過是短暫出現在日常中的路人而已，沒想到上了大學，竟然又遇上了彼此。

「是啊，也許這就是大人們說的緣分吧。那現在……」他走到停車場前的轉角，停下腳步，將手輕輕放在我肩上，「好像沒什麼人了。」

「什麼？」我還沒不及反應，發現他往前走了一步，和我的距離好靠近，我故作鎮定地看著他襯衫第二顆鈕釦，發現自己的心臟快跳出來了。

他撥撥我的劉海，然後低下頭，在華麗的街道上，輕輕地吻住了我。

【全文完】

【後記】任憑時光流逝，也抹不去的痕跡

又是新的故事，一篇長一點的故事。

就像女主角莫默對某段回憶的執著般地，又深又長。每個人的心底，總藏著某些難以割捨也難以忘記的回憶，而回憶的核心總會繞著某個人轉呀轉的，在時光荏苒的推進中，似乎不管過了多久，不管那個人是不是斷了音訊，但總會在某個夜闌人靜的夜晚，或者是在某個熟悉的場景裡，想起那一段難忘，讓自己以為早已平靜的心再起漣漪。

莫默的故事，就是在這樣的感受中開始的，說是想和大家一起紀念過去的什麼也好，或者是想一起期待未來的什麼也好，但是我知道，不管是故事中或是生活中的日常，在遇見之後，必定激盪出許多的不可能，另一個更適合自己的他或她，也許就在這時候出現。

新的故事，新的實體書，每一次的出版，對我而言就是新的期待，距離上一個故事似乎有一段時日了，由衷地謝謝每位大家的等待，也謝謝編輯給了我一些時間，讓我去

做了自己認爲當下很想完成的事。

最後，除了感謝正在看此篇後記的你外，也謝謝每次出版都和我一樣高興的親愛家人，以及給了我超級多自由去創作的Richard。

因爲有大家，所以才有Micat，也才有每個期待的故事。

Micat

國家圖書館出版品預行編目資料

相遇，之後／ Micat著. -- 初版. -- 臺北市；商周，城邦文化出版；家庭傳媒城邦分公司發行, 民106.10
面 ； 公分. --（網路小說；271）

ISBN 978-986-477-331-2（平裝）

857.7　　106017233

相遇，之後

作　　者／Micat
企畫選書人／陳思帆
責 任 編 輯／陳思帆

版　　權／翁靜如
行 銷 業 務／李衍逸、黃崇華
總 編 輯／楊如玉
總 經 理／彭之琬
發 行 人／何飛鵬
法 律 顧 問／元禾法律事務所　王子文律師
出　　版／商周出版
台北市中山區民生東路二段141號9樓
電話：(02) 2500-7008　傳眞：(02) 25007759
Blog：http://bwp25007008.pixnet.net/blog
Email：bwp.service@cite.com.tw
發　　行／英屬蓋曼群島商家庭傳媒股份有限公司城邦分公司
聯絡地址：台北市中山區民生東路二段141號11樓
書虫客服服務專線：(02) 25007718・(02) 25007719
24小時傳眞服務：(02) 25001990・(02) 25001991
服務時間：週一至週五09:30-12:00・13:30-17:00
郵撥帳號：19863813　戶名：書虫股份有限公司
讀者服務信箱 Email：service@readingclub.com.tw
城邦讀書花園網址：www.cite.com.tw
香港發行所／城邦（香港）出版集團有限公司
地址：香港灣仔駱克道193號東超商業中心1樓
Email：hkcite@biznetvigator.com
電話：(852)25086231　傳眞：(852) 25789337
馬新發行所／城邦（馬新）出版集團【Cité(M)Sdn. Bhd.】
41, Jalan Radin Anum, Bandar Baru Sri Petaling,
57000 Kuala Lumpur, Malaysia.
電話：(603) 90578822　傳眞：(603) 90576622

封 面 設 計／黃聖文
版 型 設 計／鍾瑩芳
排　　版／游淑萍
印　　刷／高典印刷有限公司
總 經 銷／聯合發行股份有限公司
電話：(02) 2917-8022　傳眞：(02)2911-0053

■ 2017年（民106）10月5日初版　Printed in Taiwan

定價／220元

ISBN　978-986-477-331-2

城邦讀書花園
www.cite.com.tw